呉服屋の若旦那と政略結婚いたします

春田モカ

STARTS
スターツ出版株式会社

生きているといろんなことがある。
自分の運命を受け入れるには、この言葉を言い聞かせるしかなかった。
今日も私は、慣れない着物姿で呉服屋のお店に立つ。
八つ上の幼馴染で、完璧主義で、どこか掴めない、若旦那である彼と一緒に。

目次

呉服屋の若旦那と政略結婚いたします

第一章

突然の婚約

小さい頃からずっと私にしょうもない嘘をつき続けている、八つ上の男がいた。

おかげで私はかなり疑い深くなったし、ずいぶんとひねくれた人間に育ってしまったと思う。

「別れよう」

それは、多くの新卒学生が、新生活を控えてドキドキと不安でいっぱいになっている三月の出来事であった。大学を無事に卒業した私は、有り余る時間を使って年上の彼氏とデートをしていたが、どうも今日はいつもと空気が違うと思っていたのだ。

彼氏が気まずそうに言い放った台詞《せりふ》を、私はわりと冷静に受け止めていた。そうなるよねぇ、とその男の肩をぽんと叩いてあげたいくらいに。

私は、なにも言わずに飲みかけのワインを見つめ、心を落ち着けようとする。

新宿《しんじゅく》の明るい街並みが、星の光ほど遠くに見える高さにある、夜景が綺麗なレストランを予約してくれていたので、ついお気に入りの服を着てきてしまった。なぜこんなプロポーズされるような場所で振られなきゃならないのだろう。私は虚《むな》しくなるような自問をしながら、知的で清潔感があっていかにも育ちのいい彼の次の言葉を待った。

「ママが、就職が決まっていない女性とのおつき合いは認めないって……」

彼は申し訳なさそうに、形の整った太い眉毛をハの字に下げながら気まずそうに呟《つぶや》いた。

とっくに成人した男性が、母親のことをママと呼んでいる。その衝撃よりも、母親の意見を別れる理由にしていることに大きなショックを受けた。

彼の意思はどうなのかを聞きたかったけれど、『就職が決まっていない女性』という言葉に相当ダメージを負った私は、なにも言い返すことができず黙っているしかなかった。

「衣都《いと》ちゃん、今もまだ就職が決まっていないでしょ？　僕もママに少しは言い返したのだけど、やはり僕は医者になる身だし……、それにママが」

繰り返されるママという単語には、恐ろしいことに耳が慣れてしまった。それよりも、何度も何度も『就職が決まっていない』と言われると、今まで自分がしてきた努力まで踏みにじられているような気分になってくる。

……そう、私は、大学は卒業したけれど、就職先が見つからなかった。どこにも選ばれなかった。

子供の頃から地道に目標に向かって努力する性格だった私が、東京《とうきょう》にある難関私立大学に進学して気づいたこと。それは、そんなに努力をしなくても成功できる人が、世の中には山ほどいるということだった。

ハイスペックな友人たちについていかなければ、という思いが強まり、私はいつしか、将来は研究職に就いてバリバリ働くんだ、という目標を持つようになった。できれば化粧品の研究をして、見た目の変化で誰かを喜ばせることができる仕事に就きたい。その夢を叶えるために、学業、アルバイト、サークル活動にも真剣に取り組み、就活では大手企業しか受けなかったら、見事に全部落ちた。

受かると思っていたんだ。自分は、それだけの努力をしたと自惚《うぬぼ》れていたから。

今目の前で〝ママ〟のことをつらつらと語っているこの彼氏も、優秀でお金持ちで将来有望で、そういう彼氏がいることが私の自慢だったし、自分もそれに釣り合う人間だと思っていた。

「まあ衣都ちゃんは可愛いけど、ちょっとひねくれているところがあったよね。僕のママに会ったときも……」

彼の遠回しな皮肉を、映画のエンドロールのようにぼうっと頭の中で流しながら、私は自分の愚《おろ》かさを嘆《なげ》いていた。

完全に自惚れていた。自分はエリートになれると思っていたんだ。

でも、違った。就活に失敗して、マザコンの恋人にも振られ、私にはもうなにも残っていない。

自分がどれだけなにもない人間なのか、今痛いほど実感している。

「そんなわけで衣都ちゃん、君のことは大好きだったけど……」

「そうですね、どうぞお母様にもよろしくお伝えください」

なるべく怒りを声に出さないように、落ち着いて口を開いた。

「い、衣都ちゃん……？」

「どうぞ大好きなママとお幸せに」

私はそれだけ言って席を立ち、にっこり笑ってからその場を去った。


自分のことだけならまだしも、男も見誤っていたなんて。彼との今までのことを考えるだけで頭が痛くなる。とことん自分の不甲斐《ふがい》なさに落胆していた。

春らしいミントグリーン色のワンピースに有名ブランドのトレンチコートを羽織って、パールのネックレスをつけた自分を、何度も鏡の前でチェックしてからデートに向かった。なんだか身につけているものすべてが身の丈に合っていない気がして、むしゃくしゃした。

本当にバカらしい。

私は、歩きながらパールのネックレスを引きちぎろうとしたが、そこそこ高かったことを思い出し、やめた。

けれど、怒りの矛先《ほこさき》を見失った瞬間、先ほど言われた台詞が脳裏にフラッシュバックしてしまった。

『衣都ちゃんは可愛いけど、ちょっとひねくれているところがあったよね』

「あのマザコン野郎！」

元彼の言葉を思い出して、私は新宿駅のホームで叫んだ。

もちろん周囲の人が私を振り返っている。私は今たぶん、とんでもなくやばい女に見えているだろう。でも、そんなこともうかまっていられない。

彼が言いたかったことは、私がひねくれているからどの会社にも採用されなかったってことだ。

「ううう……」

私は今、空っぽだ。

空っぽな私には、誰も近寄ってくれない。誰も気にかけてくれない。

根こそぎプライドをへし折られた今の私には、ホームで仲睦《なかむつ》まじくしているカップルの会話さえ耳障りだ。

トレンチコートのポケットの中にあるスマホは、大手企業に内定が決まった友人たちとのグループメッセージの通知で震え続けている。

就職活動を始めたときの私は、なぜあんなにパワフルで無敵だったのだろう。長期でインターンに参加し、就活に有利な資格も猛勉強して取得し、ゼミでの研究だって誰よりも真剣に取り組んだと思う。だって、やったことすべてが自分の未来に繋《つな》がると信じていたから。

でも現実は甘くなかった。私は極度のあがり症で面接にすこぶる弱く、集団面接では空気のような存在になっていたし、資格をびっしり書いたエントリーシートなんて、誰も見ていなかった。

焦る私の周りでは、コネで内定していく友人だってたくさんいた。

私は、就活に成功した〝あっち側の人たち〟と、なにが違ったんだろう。どうしてあんなふうに、器用に生きることができないんだろう。ここぞというときだけ、負けてしまうんだろう。

今までやってきたことがなにひとつ報われていないことに気づき、いよいよ涙が出てきそうになったそのとき、クラッチバッグの中でスマホが大きく鳴った。

もしかしたら採用の電話かも、と思って出たら、とんでもなく期待はずれな人物の声が聞こえた。

『衣都、ろくに連絡もしてこんと、なにをしとるんや！』

「お父さんか……」

『なんやその言葉遣いは』

受話器の向こうから聞こえてきた声に私はわかりやすく落胆し、お父さんもまた、わかりやすく不機嫌そうな声を出す。

『就活はどないなってるんや』

「……全落ち」

『まだ東京におるつもりなんか？』

いくらなんでもタイミングが悪すぎる。お父さんが呆《あき》れたように問いかけてきた途端、私はついカッとなって断言してしまった。

「京都《きょうと》には帰りたくない！」

『もう諦めて帰ってきたらどうや！』

このやりとりを、もういったいどれほどしただろう。

確かに京都に戻れば住むところは確保できるし、ひとり暮らしと比べてお金もかからない。だけどそれじゃ、私があんなに努力して入った大学での四年間は、まったく意味がなかったことになってしまう。それが悔しくて、諦めることができない。

それに、幼い頃にお母さんを亡くしてから、ぎすぎすしてしまった息苦しい思い出も、京都にはたくさんある。

とにかく私はいろんな過去を振り払って東京に出てきたのだ。

お父さんがこんな私の気持ちを少しも理解してくれないことに腹が立って、私は意地を張るために、その場しのぎの言葉を浴びせる。

「嫌だ、藍染《あいぞ》め職人なんか継ぎたくない！　私は化粧品でいろんな人を喜ばせたいの。大学で学んだこと、無駄にしたくないの！」

『仕送りは一切せぇへんし、音《ね》ぇ上げて帰ってきたって家に入れられへんさかいにな！』

「そ、それは困ります……」

なけなしの言い分は、お父さんの厳しい言葉で脆《もろ》くも砕け散った。急に口数が少なくなった私に、お父さんはさらに畳みかける。

『それが嫌やったら今すぐ帰ってこい。大事な話もあるし……ええな？』

「はい……」

お父さんのドスのきいた声に怯《おび》え、『はい』と返事をすることしかできなかった。

夢があっても、諦められなくても、彼氏に振られて傷心でも、ひとまず生きていくことが第一優先だ。今の私が仕送りもなしに都内でひとり暮らしができるわけがない。

言い負かされて、精神的にボロボロの状態のまま、私は家に帰って荷物をまとめた。

でも、ちょうどよかったかもしれない。

もう東京には、私になにかを期待してくれる人はいなかったから。

「このオシャレなマンションともお別れか……」

藍染めのにおいが充満した築三十年を超える実家を思い出し、私はため息をついた。

「まあまあまあ、衣都ちゃんずいぶんとあか抜けはって」

「静枝さん、お久しぶりです！」

京都に帰ってきたのは、約一年ぶりだ。ひとりで荷物をまとめたり、賃貸の解約の手続きを済ませたりしているうちに、あっという間に四月に入っていた。

お父さんに呼ばれたのは、なぜか自分の家ではなく、小さい頃から私の面倒をよく見てくれた、呉服屋『浅葱屋《あさぎや》』の女将《おかみ》の家だった。

先に実家に荷物を送っていたので、バッグひとつで身軽だったが、その軽いバッグさえも静枝さんがひょいと預かってくれて、奥の部屋へ案内してくれる。

「今日はお店が休みやさかい、うちの旦那も衣都ちゃんに会えんのを楽しみにしてはるんよ」

「えっ、省三《しょうぞう》さんがですか！」

「衣都ちゃんに会いとうて仕方ないみたいなん。お得意様にお品物を届けに行ったはるから今は家にいいひんけど、隆史《たかし》さんと一緒に帰ってきはる予定なんよ」

「父と一緒に？　久しぶりで緊張します。でも、父の話ってなんなんですかね？」

不安そうに問いかける私を見て、静枝さんは「ふふ」と静かに笑った。

静枝さんは相変わらず綺麗で、藤色の着物に、上品なまとめ髪がよく似合っている。うなじの後《おく》れ毛が色っぽくてとても素敵で、若々しくて、とても五十代には見えない。

この家に来たのは、四年ぶりのことだった。微《かす》かな記憶が、お香の香りとともにぶわっと蘇《よみがえ》り、私は懐かしい気持ちでいっぱいになった。

ここは〝うなぎの寝床《ねどこ》〟といわれる典型的な京町屋《きょうまちや》の造りになっていて、間口が狭く、奥行きが長い。土間を通り、ずいぶんと歩くと、奥庭が見えてきた。

庭の手入れは隅々まで行き届いていて、草木や苔《こけ》の濃い緑が綺麗だ。地面に丸くて白い花びらがたくさん散っているのを見ていると、静枝さんが急に立ち止まった。

「雪柳《ゆきやなぎ》が綺麗ですやろ」

「雪柳？」

「あの白いお花。志貴《しき》が植えたんよ」

久々に聞いた〝志貴〟という名前に、私は言葉を詰まらせた。

この四年間、一度も声にせず、一度も会っていない人の名前だったから。

私がなにも言えなくなっていると、静枝さんが雪柳の別名や、私の誕生花であることを教えてくれた。

「うちの家にも植えようか、考えていてね……」

省三さんと静枝さんは長年この家に住んでいたが、今はお店から少し歩いた先にある離れで暮らしていて、志貴だけがここに住んでいるらしい。

「あら、もうすぐあの人らの駅に着く時間やないの。ちょっと行ってくるから、衣都ちゃんはここで待っててくれはる？」

「あ、はい！」

「ほなまたあとで」

静枝さんはにこっと微笑んで、私のお父さんと省三さんを迎えに行った。

私は縁側に座って、美しく整えられた庭園を眺めてからそっと目を閉じて、約五年前に父に言われたことを思い出してみた。

『衣都、ほんまにちょっとの間だけやさかい、志貴くんと距離あけられへんか？ちょっとの間だけや。志貴くんに、頑張る時間を与えてやってくれんか？』

京都の大学に進学するか、東京の大学に進学するか、迷っていたとき、突然お父さんにそう言われた。高校生だった私には、その言葉の意味がまったくわからなかった。少しの間だけ、志貴とは会わないでくれと、距離をあけてほしいと、そう、頼まれたのだ。

志貴は浅葱屋の息子で、本当に幼い頃から家族ぐるみで親しい関係を築いてきた。

八つ年が離れているせいか、嘘ばっかりついて幼い私をよくからかっていたけれど、いつも私がピンチのときに助けてくれる人だった。そんな志貴と、なぜ今さら距離を置かなければならないのか。

私は疑問でいっぱいだったが、お父さんのその表情を見たとき、深くは聞いちゃいけないんだと思い、十七歳ながらに納得した。

たくさんの疑問を抱えながら、私は、東京への進学を志望したのだ。

「志貴、元気かな……」

私は、そっと瞼《まぶた》を開ける。

鮮やかな緑と儚《はかな》げな雪柳が一気に視界に入り込んで、くらっとした。

雪柳の枝は、弓状に緩やかに曲がって垂《た》れている。株から枝の先まで咲き誇った白い花が、なんとも優美だ。風が吹くたびに、そのしなやかな枝は揺れた。

「綺麗……」

志貴は、店を継ぐためにあちこち回って勉強していると聞いたけど、京都に戻ってからはどうしていたんだろう。

志貴と会ってはならない事情を今までいろいろ考えてみたけど、まったく答えが浮かばなかった。

志貴が、私にはもう会いたくないと言ったのかな。もしそうだとしたら、とてもじゃないけどすぐに立ち直れそうにはない。

思わず顔を覆ったそのとき、ぶわっと風が吹いて、雪柳のカーテンを派手にめくった。それはとても大きなひと吹きで、風がおさまると、白く小さな花が、ゆらゆらと揺れた。

揺れる雪柳の陰に人の影が重なり、私は、ふとその影の主を見上げた。

「衣都、久しぶり」

池に浮かぶ蓮《はす》より、岩にはびこる檜《ひのき》の葉より、しなやかに揺れる雪柳より、どんな景色より、その姿は鮮やかに優美に映った。

無地の紺色の着物を、寸分の隙もなく着こなしている男性が、そこにいた。

「なにぽかんとしてんだよ」

「し、志貴……？」

縁側に座ったまま、あっけにとられた表情でその名を口にすると、彼は静かに目を細める。

志貴はゆっくり近づいて、私の足元ですっと屈《かが》んだ。

切れ長の瞳に、すっと通った鼻筋と、左耳だけにかけた黒髪が、なんともいえない色気を醸し出している。

そうだった。この男は、そういう危険な雰囲気のある男だった。

志貴という存在を再認識していくうちに、どんどん頭の中がクリアになっていくのを感じる。

志貴はそんな私を見上げて、私の手に自分の手を重ねた。

「元気だったか？」

「う、うん……」

「そんな幽霊見るような目で見るな」

私がおどおどしながら答えると、彼は眉間にしわを寄せて私の頭を小突いた。

頭の中に思い浮かべていた人が突然現れたら、誰だって私のような反応をすると思う。

そう言い返す前に、彼は黄昏《たそが》れるように目線を斜め下に向けてぼやき始めた。

「お前がいない間に、俺もう三十路《みそじ》だよ。仕事で関東に行くことも増えたから、この四年間で京都弁と標準語も使い分けるようになったし」

四年という歳月で、彼はぐんと大人の色気を増していた。

なんだか違う人のようで、いまだに信じられなくて、私は震える声で確認をした。

「ねえ、本当に志貴なの？」

「ああ、お前に触れることはできないけど……」

志貴があまりに切なげに目を伏せたので、私は思わず声を荒らげてしまう。

「やっぱり幽霊なの!?」

「そんなわけないだろ、アホか」

「また騙《だま》された！　迫真の演技やめてよ！」

本当に、志貴だ。

久しぶりのこのやりとりに、私は胸がいっぱいになってしまった。

志貴だ。あの、嘘つきで意地悪で妙に器用な、あの、志貴だ。

「この四年間、なにしてたの？」

「いろいろあったよ。本当に大変だった、婿《むこ》修業は」

「え、志貴結婚するの!?」

驚き、思わず目を見開いたが、志貴はいたって冷静に頷いたので、私は食い気味に問い詰めた。

「誰と結婚するの？」

「あんたと」

「そうなんだ、おめでとう！」

……え？　待って、今なんて言った？　勢いでおめでとうと言ってしまったけれど、今この人はすごく重大なことを口走った気がする。

「ア、アンナさんと？」

「アンナって誰だよ。衣都とだよ」

「いと……」

自分の名前を生まれて初めて聞いた単語かのように呟くと、志貴が呆れたようにため息をつく。

「お前二十二年間生きてきて、まだ自分の変わった名前しっくりきてねーのか」

「違うよ！　確かに変わってるけど……ってなにしてるの、勝手に指輪はめないで！」

志貴が会話の流れで、私の左手薬指に婚約指輪のようなものをはめようとしてきたので、私は慌てて指を隠した。

すると、志貴は「さすがに気づいたか」と言って乾いた笑い声をあげた。

と、そこに足音と笑い声が近づいてくる。恐る恐る顔を向けると、静枝さんと省三さんが並んで立っていた。

「あらまあ、仲がよろしおすなあ」

「衣都ちゃん、達者《たっしゃ》やったか？」

「静枝さん、省三さん！　これはいったいどういうことですか!?」

目をカッと見開いて問いかけると、ふたりは和やかに笑う。そんなふたりの背後から、難しい顔をしたお父さんが出てきたので、私は即座に問い詰めた。

「お父さん、結婚ってなに!?　まさか重要な話ってこれのこと!?」

「せや、藍染めの伝統と、近衛《このえ》家の将来のために、志貴くんと結婚してほしいんや」

「はい……？」

なんとも強引で勝手な言い分に、頭が痛くなり、まったく理解が追いつかない。

しかし、父は真面目な顔で話を続ける。

「わかるやろう、藍染めの作品は、今は浅葱屋の支えなしでは売れへんのや。呉服屋である浅葱屋から仕事の依頼をもろて、染める。それで近衛家が成り立っとったいうことは知ってるやろう」

「それってつまり、政略結婚ってやつ……？」

嫌な予感をひしひしと感じながら慎重に問いかけると、父は堂々とはっきり頷いた。

「そういうことや」

こんなマンガみたいな展開を、すぐに信じられるわけがない。頭の中が真っ白になるとは、こういうことを言うのか。こんな突拍子もない出来事が、まさか自分の身に降りかかってくるとは思いもしなかった。

状況をまったくのみ込めず、すでにキャパシティーを超えてしまった頭が、さらにズキズキと痛み始める。

「まあでも、さすがに今日再会していきなりていうんは難しいやろ。そやさかい衣都、この一年で準備したらええ」

「準備って……？」

「浅葱屋で、志貴くんの家で、一緒に働いて暮らすいうことや」

そう言ってお父さんは、私が実家に送ってあったはずのトランクを、ドンと目の前に置いた。

まるで、もう腹をくくれと、釘を刺されたようだった。

完全に石と化している私の手を志貴が握り、念を押すように言う。

「衣都、覚えてるよな？　将来は志貴兄ちゃんと結婚するって、言ったこと」

「は……」

「言ったよな？」

「いやいやいや、そんなの子供の戯《ざ》れ言《ごと》だし時効で」

志貴の言葉に反論しようとしたそのとき、ぐいっと腕を引っ張られて、耳元で囁《ささや》かれた。

「この話を断って東京に戻ってもいいが、そしたら仕送りはなし、実家にも二度と帰ってこられなくなる。父の藍染め職人としての仕事は激減。そんな父に仕送りをしたいが、自分は無職の身。充分なお金を送れない。ああ、あのときとりあえずでもいいから、浅葱屋で一年間働いておけばよかった……なんてことに、なってもいいんだな？」

「よくはないです……」

「だよなあ？」

まるで悪徳セールスマンが使うような、巧みな話術に丸め込まれてしまい、私は頷くことしかできない。

「とりあえず婚約指輪はまだ受け取らんでええし。この一年で賢う生きるためにはどないしたらええのか、よう考え」

そっちの筋の人かと疑うほどドスのきいた低い声に、背筋が思わずぞっとする。

私は志貴の言葉にこくこくと首を縦に振りながら、久々に見た彼の黒い表情に怯えきっていた。

そんな私の心情など知らずに、静枝さんと省三さんは嬉しそうに笑いかける。

「衣都ちゃん、今日からよろしゅうね。もうお部屋は準備してあるさかい」

「浅葱屋も華やかになるで」

「あ、あはは……」

晴れ渡った京都の町に、自分の乾いた笑い声が消えていく。

小さい頃からずっと私にしょうもない嘘をつき続けている、八つ上の男がいた。

おかげで私はかなり疑い深くなったし、ずいぶんとひねくれた人間に育ってしまっだと思う。

だけど私をひねくれさせたその男は、長い年月をかけて、きっちり責任をとりに来たのであった。

まさかこんな形で、再び深く関わり合う日が来るなんて、誰が想像しただろう。

志貴は、茫然《ぼうぜん》としている私の手を取って強引に握手を交わし、にっこりと微笑んだ。

「よろしゅう、未来の奥さん」

ああ、どうか、これも盛大な嘘だと、早く言ってほしい。

就活に失敗して、彼氏に振られて、ついでにその彼がマザコンだったということが発覚してショックを受けているところに、京都へ連れ戻され政略結婚をすることになった。

いったい全体なにがどうなって、ジェットコースター並みに急展開し続ける人生コースになったんだろう。

ああ、神様。

私はもうなにも贅沢を言いませんから、どうか平穏で普通の幸せをください。

「起きろ、衣都」

「夢じゃなかった……」

まだ肌寒い早朝に、着物姿の志貴が私を起こしに来た。

私はぼうっとする頭を抱えながら、信じたくないというように呟いた。

昨日の出来事はもしかしたらすべて夢だったのかもしれない、と現実逃避をするための暗示を、もう百回以上自分にかけたというのに、一瞬で現実がやってきた。

私は今、慣れない和室で敷布団に寝ているし、志貴が開けた襖の向こうには美しい庭が見えるし、目の前には志貴がいる。この景色すべてが、紛れもない現実だ。

「顔洗ったら母さんのところに行け。着物に着替えてもらわないと、店の仕事を手伝えないからな」

「こんなスッピンの状態で静枝さんのところに⁉」

驚く私に、志貴は試すような口調でさらに言い放つ。

「別に、今ここで俺が着付けてもいいけど」

「いいです、いいです、結構です」

とっさに立ち上がって志貴から離れると、灰色の着物を着こなしている志貴がゆっくりと私に近づいてくる。

思わず怯えた目で見つめていると、志貴は私の額を人差し指でこつんと小突いた。

「今日から衣都には、いろんなことを勉強してもらう」

「べ、勉強とは」

じりじりと迫ってくる彼の威圧感に耐えきれず、私は二歩後ろに下がったが、壁に追い詰められてしまった。

「俺が今着ているこの着物の色を、どうせお前は灰色としか表現できないだろう。ちなみにこれは灰色じゃない。煤竹色《すすたけいろ》といって、赤黒い灰色だ」

「あ、赤黒い灰色……」

志貴が言った言葉をバカみたいに同じように繰り返して戸惑っていると、彼は素早く次の質問を投げかけてくる。

「ちなみにこの柄は？」

「え……ド、ドット？」

志貴の着物の柄を見て、絞り出すように答えると、彼は堰《せき》を切ったように説教を浴びせた。

「そんなポップな呼び方なわけあるか！　これは行儀柄《ぎょうぎがら》だ。衣都には今日から着付け、着物の種類、柄、色、専門用語、扱い方、なにからなにまで勉強してもらう。わかったか？」

「は、はい……」

完全に萎縮しきっている私に、志貴は容赦《ようしゃ》なく冷たい視線を送る。

「じゃあすぐ支度しな」

そう言って、志貴は私のほうを振り返らずに部屋から出ていった。

昔から自分自身には厳しい人だったけど、仕事のことになるともっとスパルタだったなんて知らなかった。あんなにドスをきかせて言わなくてもいいじゃないか。昨日の今日で、私だってまだ混乱しているんだから、もう少し優しくしてくれたっていいじゃないか。

そもそも、昨日の話はいったいどこまで本当なんだろうか。冗談なら冗談だと早く言ってほしい。

結婚だって、自分なりの理想もあったし、呉服屋で働くなんて、どんな仕事なのかまったく想像もつかない。正直、不安でいっぱいだ。

それに、あの志貴とこれからふたりきりでこの家で暮らしていくなんて、もう小さい頃とは違うんだから、多少は意識する。

志貴は、なんでそんなに普通でいられるのだろう。私のことなんて、昔と同じで妹のようにしか見えていないのだろうか。

私は胸の中のモヤモヤと葛藤《かっとう》しながら、ひとまず洗面所に向かった。久々にベッドじゃなく敷布団で寝たから、全身の疲れがまったくとれていない気がした。


『志貴兄ちゃん、志貴兄ちゃん家《ち》のご飯って、美味《おい》しいね』

あれは十五年ほども前のことだろうか。

静枝さんのいる離れに向かいながら、私はぼんやりと昔のことを思い出していた。

物心ついたときから、私のそばには当たり前のように志貴がいた。私の標準語が志貴に少しうつってしまうほど、ずっとそばにいた。

私が標準語を使うのは、亡くなったお母さんが関東出身だったためだ。九歳年上の姉もお母さんの影響で標準語を話していた。京都にいた頃は京都弁と標準語を使い分けていた私だけど、東京へ進学すると同時に、ほぼ完全に標準語を話すようになったのだ。

八つ上の志貴は、昔から王様気質で、リーダーシップが強くて、なんだか偉そうな態度の子供だった。

『まあ、俺の家には優秀な家政婦がおるし、庶民とはちゃうからな』

『へぇー、すごいね、美味しい』

『これも食べ。俺はいつも食べてるし』

幼い頃にお母さんを亡くし、父子家庭で育った私は、お父さんの仕事中、よく志貴の家で預かってもらっていた。

志貴の両親も仕事で忙しいから、志貴とふたりきりになることが多かったけど、志貴はしっかり私の面倒を見てくれていた。

頼れるお兄ちゃんという感じだったので、志貴のことがすごくかっこよく見えて、『志貴兄ちゃんと結婚する』としょっちゅう言っていたような気がする。

あの頃は、志貴がこんな黒い人格の持ち主になるとは思っていなかった。もしかして、当時から私は男の人を見誤っていたのだろうかと、私は思わず頭を抱えた。

「失礼します……」

「あら、おはようさん、衣都ちゃん」

恐る恐る離れにいる静枝さんのもとを訪れ、部屋の襖を開けると、静枝さんは
「待ってたんよ」と言って、私を部屋の中へ入れてくれた。

静枝さんはスッピン姿の私と違ってきっちり身なりを整えていた。

私なんて、つい先ほど顔を洗って歯をみがいて、寝癖を整えたばかりだというのに。

「衣都ちゃんには何色が似合うやろかって、昨日の夜からずっと考えてたんよ」

そう言いながら、静枝さんは桐衣装箱から着物を取り出して見せてくれた。

「わあ、可愛いピンク……」

「撫子色《なでしこいろ》っていうんよ。綺麗やろ？」

着物をさっと私に羽織らせて、静枝さんが微笑む。私にはもったいないくらい綺麗な着物に、思わず見惚《みと》れてしまった。

「うちのお古で申し訳ないけど」

「いえ、すっごく嬉しいです！　こんなに素敵な着物……」

そう言うと、静枝さんはにっこり笑って、「よかった」と安堵のため息を漏らした。

自分ではとてもじゃないけど着付けられないので、なんだか嬉しくなる。

先に髪の毛をまとめてもらってから、和装下着を着て長襦袢《ながじゅばん》を羽織らせてもらった。

「普段やったらもっと楽に着られる着物でもええんやけど、せっかくの初日やしねえ」

「こんなにしっかりした着物、成人式以来です」

「慣れてへんから苦しかったやろ?」

静枝さんが、紐をシュルシュルと私の胸の下あたりに回して問いかける。

「はい、成人式のときは早く脱ぎたくて仕方なかったです」

「ふふ、うちも見たかったわあ」

成人式のときは地元に帰ってきたけど、志貴の家には行かなかった。

志貴は忙しくあちこち飛び回っていると聞いていたけど、もし遭遇《そうぐう》したらなんだか気恥ずかしいし、どんな顔をして会っていいのかわからなかったから。

そうして昔を思い出しているうちに、静枝さんは手際よく着物を着せてくれた。

志貴に着付けを覚えろとは言われたけど、私はこんなに器用じゃないし、できる気がしない。

不安に思い始めた私に、静枝さんははっきりとした口調で語りだす。

「着物はバランスが悪いと、それだけでなんぼええもんでも不粋《ぶすい》になってしまいます。着付けのややこしいとこって、帯を結うところもあれやけど、裾合わせとかおはしょりとか、その前の段階からが肝心やから」

「おはしょり……？」

「脇を締める力も必要やしね、さ、よろめかんように踏ん張っといてよ」

静枝さんがぐっと帯をきつく締めて、私は注意してもらったにもかかわらず思い切りよろめいた。

こんなに細い腕なのに、すごい力だ。着付けって、思っていたより力がいるものなんだ。

「最初は浴衣の着付けから教えたげるからね。浴衣のほうが着付けは簡単なんよ。それに浴衣はこれからシーズンやし、それまでにマスターできるとええね」

「が、頑張りますっ」

「志貴はスパルタやから、へこたれんように頑張ってな」

すでに朝の一喝でへこたれているんですけど、なんて言葉をのみ込みながら、乾いた笑みをこぼした。

やっぱり昨日の話は、冗談ではなかったのか。浅葱屋で働く決心なんて微塵《みじん》もついていないのに、とんとん拍子で話が進んでいることに、私はまったくついていけない。

それなのに、志貴のスパルタ指導がこの先もっと待ち受けているなんて、考えただけでプレッシャーで気持ちが沈む。できれば優しい静枝さんにご指導願いたいと、心からそう願った。

「よし、でけた。あとは志貴にメイクしてもろて完成や」

「え、志貴、メイクもできるんですか!?」

「あの子は昔から妙に器用やからな。ほら、立ち鏡の前に立ってみて」

「うわ……」

立ち鏡に映った美しい着物に、思わず声が漏れた。

撫子色の着物の裾に、白い桜の花びらが広がっている。とても高価そうな白金の帯がしっくりきていて、私には本当にもったいないくらいだと感じた。正直、成人式で自分が選んだ着物よりよっぽどセンスがよかった。

歩き方や階段を下りるときの動作も教えてくれた静枝さんに何度もお礼を言ってから、私はメイクをしてもらうために志貴のもとへ向かった。

なんだろう、すごくドキドキする。着物って、なんだか自分をグレードアップしてくれるような、そんな力を持っている。

慣れていないせいでとても歩きづらいけど、私の胸は妙に高鳴っていた。

志貴に着物姿を見せることが、気恥ずかしいし、照れくさいし、ドキドキする。

私は土間をひょこひょこと歩いて、志貴の部屋の前まで行った。

障子に映る影で、私が来たことはわかっていると思うけど、なんだか開ける勇気が湧かなくてまごついてしまった。

「衣都？」

そんな私を不審に思ったのか、部屋の中から志貴が呼んだので、慌てて障子を開け、部屋に入る。けれど、思い切り段差につまずいて転びかけてしまった。

「わっ、アホ！」

「び、びっくりした」

「こっちの台詞や」

志貴が受け止めてくれなかったら、せっかく綺麗に着せてもらった着物が崩れてしまうところだった。

志貴の胸板に埋もれながら、自分の落ち着きのない行動を反省したが、志貴はそんな私を引き剥がして、つま先から頭のてっぺんまでじっと観察してくる。

「ちょっと、そんなに見られると怖いんですけど……」

なにか文句を言われるのではないかと、びくびくしながら目を逸らしたが、志貴は私の顎に手を添えて、くいっと上に向けた。必然的に、口角を少し上げて優しい瞳をしている志貴と、目が合ってしまった。

「似合ってる」

「え……」

思わぬ言葉に、私は拍子抜けしてしまう。

「俺がもっと完璧にしてやる。メイク道具は母さんから全部受け取ってきたからな。ここに座りなさい」

「本当になんでもできるんだね……」

思わず感心したように呟くと、志貴はメイク道具を漁《あさ》りながら薄く笑みを浮かべる。

「なんでも極めたい主義だからな。さすがにそんなに本格的にはできないけど」

いったいこの男はどこまで完璧主義で勉強家なんだ。そのことに驚きを隠せなくてぽかんとしてしまう。

間抜け顔で突っ立っていると、志貴が「どうぞ」と言って、紳士的に化粧台の椅子を引いたので、おずおずと座った。

「目、閉じて」

化粧水を染み込ませた冷たいコットンが頬を滑り、志貴の指が綿越しに私の肌を何度もなぞる。

自分は相手が見えないのに、相手は今自分の顔をじっと見つめているという状況に、ひどく落ち着かない。瞼がぷるぷると震えている。緊張していることがバレていないか気が気じゃなくなって、私はつい忘れたい過去を口走ってしまった。

「私ね、化粧品の研究職に就きたくて、いろんなところを受けてたの。結局全部、落ちちゃったけど」

「へぇ、どうして？」

　えへへ、と暗い話題をごまかすように笑ったが、志貴は即座になぜ私が化粧品の研究職を目指したかを問いかけてきた。そんなこと面接官にしか聞かれたことがなかったから驚いてしまったが、私は静かに本音を語った。

「藍染め職人のお父さんや、呉服屋で働いている静枝さんたちを見て、自然と、持ち物や見た目の変化で人を笑顔にできたらなって、思ったの。大学での学びを活かせて、そういうことに貢献できるのって、化粧品の開発が一番理想に近かったから……。まあ結局、その夢は叶わなかったんだけど」

　変なの。面接官の前でより、ずっと本音で話せている。

　それは相手が昔からつき合いのある志貴だからだろうか。それとも、志貴が本気で聞いてくれていることが、伝わってきたからだろうか。

　なんだか照れくさくなって沈黙していると、志貴が少し間を置いてから優しい声で答えた。

「なんでお前のそういうとこ、見つけられなかったんだろうな。無能な人事だ」

　ぶっきらぼうな言い方なのに、今までもらったどんな慰めよりも嬉しくて、あのときの自分の頑張りを認めてもらえたような気持ちになってしまった。

　思わず言葉を詰まらせているうちに、志貴はどんどんメイクを進めていく。

「今日は俺が化粧をするけど、次からは自分でやれよ。髪飾りだけは俺が毎日着物に合うやつを選んでやる。あと化粧台も、衣都の部屋に移しておくから。そうだ、朝食もうできてるから、着物を汚さないように食えよ。今日は時間がないからいろいろ順番が狂ったけど」

「う、うん」

「衣都、本当にわかってんのか？　……今度は目開けて、上見て」

男の人だから緊張しているのか、それとも志貴だから緊張しているのか。

志貴に言われるまま、瞼を開けたけれど、できるだけ目線を合わせないようにした。

志貴の真剣な顔が、鏡越しに少し見えただけでドキッとしてしまったから。

もし実際に目が合ったら、隠しきれないくらい動揺してしまうと思う。

「衣都、口軽く開けて」

志貴が、私の顎を人差し指で上げ、唇を、柔らかい紅筆で撫《な》でた。

その視線で、体温が上がってしまいそう。志貴の真剣な表情には、昔から人を緊張させるなにかがある。

「頼むからそんなに緊張するな。こっちまで緊張するから」

「だ、だって」

緊張が伝わっていたことが恥ずかしくて、思わず声が上ずってしまった。

そんな私の反応を見て、志貴が困ったように笑う。

意識しているみたいに思われたら困ると思った私は、子供みたいに早口で言い訳をした。

「だ、だって男の人にお化粧してもらうことなんてめったにないもん」

「まあそりゃそうだな。はい、できたから、目開けてこっち見て」

「どうでしょうか……」

恐る恐る問いかけると、志貴は満足げな笑みを浮かべて即答した。

「綺麗だ」

志貴は、私が綺麗な格好をすると、嬉しいのかな？　さっきもそうだった。私の着物姿を見たとき、まるで手をかけて育てていた花が咲いたみたいに、嬉しそうに笑った。普段は冷たい表情をしているのに、変なの。

なんだか恥ずかしいけれど、私は昔から志貴が嬉しそうにすると、自分もすごくすごく嬉しくなる。

「志貴、ありがとう」

素直にお礼を言って笑うと、志貴はそんな私を見て一瞬固まった。

なにか変なことを言ってしまっただろうか。それとも本当はそんなに化粧が映えていないのだろうか。

空気が止まってしまったことが気まずくて、私はとっさに話題を変えた。

「あ、そういえば朝ご飯、楽しみだな。確か、料理上手な家政婦さんがいるんだよね」

「はあ？　家政婦？　そんなの一度も雇ったことないわ」

私の言葉に、志貴はわかりやすく訝《いぶか》しんだ。

「え？　でも志貴、昔言ってたよね？　家政婦さんがご飯作ってくれているって。よく私にも食べさせてくれたよね？」

「いや、まさかそれ信じてたのか。あれ作ってたの、全部俺だぞ」

「え、あれ嘘だったの？」

志貴の言葉に私は驚愕《きょうがく》し、思わず大きな声を出してしまった。しかし彼はいたって平然とした様子で、この状況についていけない私にかまわず話を続けた。

「料理は好きだからな。今やレシピ投稿サイトの常連だし」

「レシピ開発もしてるの!?」

志貴が料理もできるなんて、今までまったく知らなかった。

完璧主義で料理も家事も人並み以上に得意なこの人は、本当は一生結婚なんかしなくても、ひとりで充分生きていけるんじゃないだろうか。

そんな疑問を宿した瞳でじっと志貴を見つめると、彼は「なんだよ」と言って私の頭を小突いた。

だいたい、なんでそんなしょうもない嘘をついたんだろう。

当時の志貴は、まだ中学生だったはず。子供の彼が、私のために料理を覚えて、ご飯を作ってくれていたのかと思うと、胸が少し熱くなった。

「俺が作ったと言ったら、美味しいって言わなきゃいけないとか、お前もプレッシャーかかんだろ。お前昔から変に気遣い屋なところあるからな」

「そんな理由で……？」

「充分な理由だろが。ちなみに、趣味でフードコーディネーターの資格もとった」

「いや極めすぎでしょう」

優しいんだか、気難しいんだか、紳士なんだか、いまだによくわからない。唯一言えるのは、いまだに嘘だとわかっていない志貴につかれた嘘が、この先もたくさん出てきそうだということだ。そのうちとんでもなくでっかいことも、『あ、それ嘘だよ』とケロッと言ってきそうでとても怖い。

「よし、じゃあ朝食を食べたら、このタイムスケジュール通り働いてもらうからな」

「なにその過密スケジュール……」

志貴が差し出すみっちりと書き込まれたスケジュールボードを見た瞬間、私は落胆した。

こういうところに、彼のいきすぎた完璧主義な一面が見える。

私がもし結婚を断ることになったら、誰とも結婚できなかったりして、なんて余計な心配をしていると、なにかをふと思い出したように、志貴に呼び止められた。

「あ、待って衣都」

「なに？」

スケジュールボードから目を離し、振り返ろうとしたその瞬間、志貴が突然、私のうなじにキスをしてきた。柔らかい唇の感触が消えるまで、私は今起こったことを理解できずに固まってしまった。

「よし、行くか」

「……は？」

驚き困惑している私を振り向きもせずに、志貴は部屋を出ていこうとする。そこでようやく頭が回ってきて、私は真面目な顔で問いかけた。

「な、なんですか、今の……」

「頬にしたら化粧崩れるだろ」

志貴が当然のごとく答えるので、私は声を荒らげて全力で突っ込んだ。

「そこじゃないよ、私が聞きたいのは！」

「なんだよ、そんなに騒ぐことかよ」

「騒ぐよ、そりゃ！」

どうしてこの人は、こんなに読めない行動ばかりするのだろう。

私のことをいったいどんなふうに思っているのか、近づけば近づくほどわからなくなる。

私はあと何十年一緒に暮らそうが、この男を知りつくすことはできないと、そう断言できる。

約束したんだ　～志貴ｓｉｄｅ～

衣都がこの家に来てから、二週間が経った。

「おはよう、桜《さくら》……」

竹林を抜けた静かな場所にいる彼女に、俺は毎朝かかさず挨拶をしている。

桜は、今は亡き俺の妹だ。小さな身体で短い命を精一杯生きた妹に挨拶をすることは、今現在も、ずっと続けている。

「あら、志貴さんおはようさん」

「三鷹《みたか》さん、おはようございます」

早朝の犬の散歩帰りのことだ。家に入ろうとした寸前で、お得意様に偶然出くわした。

「今日も桜ちゃんに挨拶しに行かはったん？」

「はい。今日は快晴だし、竹林の道を抜けるのが、すごく気持ちよかったですよ」

「ええなあ、私もたまにはご先祖さんに挨拶しに行かんとなあ」

俺は軽く会釈をして、お得意様と別れた。

朝五時に起床して、二十分散歩して、朝食を作って、五郎《ごろう》に餌《えさ》をあげてから店に出て、帰宅したら寝る前に必ず、ずっと続けている日記を書く。

俺の日々のスケジュールのうち、朝はとくに緻密《ちみつ》だ。

散歩から帰ったらすぐに朝食の用意を始め、完璧な栄養素の献立を、七時までに作り上げる。その合間に、衣都に似合う髪飾りを化粧台に置いて、六時三十分までに彼女を起こす。最近の俺のタイムスケジュールは、そうなっている。

「おい、衣都」

ぺちぺちと頬を叩くが、衣都は起きない。

つい一昨日《おととい》まで『ベッドじゃないと寝られない』だの、『犬がいたことなんて聞いてない』だの、『着物は疲れる』だの、文句ばっかりだった。

こんなに気持ちよさそうに寝ているくせに、よくストレスがどうの言えたものだ。

まだあどけない衣都の寝顔の頬を、何度も叩いたが、一向に起きる様子はない。

和服に慣れさせるために衣都の寝巻を浴衣にしたけれど、着方が悪いのか、それとも彼女の寝相が悪いのか、帯は緩みきり、白い肌が見えていた。

「衣都、はだけてんぞ」

「んー、もちろん御社が第一志望ですから」

「起きろ衣都！　浴衣をそんなふうに着るな、はしたない！」

たまらず声を荒らげると、衣都はやっと目を覚まし耳を両手で塞いだ。

「びっくりした！　あれ、面接会場じゃない」

「立ちなさい、俺が着付け直す」

「そうだった。姑《しゅうとめ》のような志貴と暮らしていることが現実だった……」

「姑……」

衣都の言葉にショックを受けていると、自分が設定していたスマホのアラームが鳴り響いた。朝食に準備している鯵《あじ》が焼ける時間だ。衣都を起こすのに手こずる時間の見積もりを誤ってしまった。

俺は慣れた手つきで無理やり衣都の浴衣を着付け直し、まだぼうっとしている彼女の腕を無理やり引っ張って部屋を出た。

長い廊下からは庭が一望できて、さっき散歩に連れていったばかりの犬の五郎が、縁側のすぐ下にちょこんとお座りしている。

衣都は最初、大きな柴犬の五郎を少し怖がっていたけど、五郎のおとなしさと人懐っこさに今はメロメロだ。寝ぼけ眼《まなこ》のまま、衣都はふらっと五郎のもとへ向かった。

「五郎おはよう、今日もすばらしいもふもふ感だね」

「こら衣都、浴衣で平らな場所に座るときは片足を半歩後ろに引いて、上半身は伸ばしたまま、前の裾を押さえながら」

「五郎、八つ橋食べる？」

「聞いてるのか！　そしてそれはお客様へのお茶請けだ」

俺は五郎の口を即座にガードし、衣都の頭をぽこっと叩いた。

衣都は、せっかく俺が綺麗に着付けた浴衣をもう着崩している。

着物の扱いに関して言いたいことは山ほどあるが、衣都が五郎を可愛がってくれることは嬉しいので、そんなに強くは怒れない。……がしかし、これから一緒に働くうえで、しっかり教え込まないと衣都自身が恥をかいてしまう。

「立ち方教えただろ。ほら、両膝を揃えて、前の足を後ろに引くようにして」

「う、うう、難しい」

真剣に教えるつもりだったが、ぷるぷる立ち上がる衣都がおかしくて、思わずふっと笑ってしまった。つい根っからのいたずら心に火がついて、つんと肩を突っついたら面白いくらい簡単によろめいたので、俺は慌てて衣都の腕を引いて胸におさめた。

「ちょっと、私で遊ばないで！」

ご立腹な様子の衣都は、一度すっぽり俺の腕の中におさまったが、すぐに抜け出した。怒った様子もセットで楽しんでいたが、俺はすぐに大事なことを思い出した。

「しまった、和んでいる場合じゃない。鯵が焼けてから三分が経過してしまった」

「いやいや、鯵側も別に三分くらいどうってことないって思ってるよ……」

「ベストな時間で食してあげないと鯵に申し訳ない」

「志貴、生きづらいなって思うことない……？」

憐《あわれ》れむような表情の彼女の手を引いて、焼き上がった鯵のもとへ向かう。

衣都が途中で五郎の朝ご飯のことを気にしていたので、毎朝七時十五分と決まっていることを伝えると、衣都は顔全体を使って『面倒くさい男』と思っていることを伝えてきた。

昔から顔に出やすいところは変わっていないらしい。

創業百年以上の伝統を誇るこの呉服屋は、幅広い年代の人に愛されている。とても高価な着物から比較的リーズナブルな浴衣まで、たくさん取り揃えているので、顧客の年齢層が広いのだ。

店内はすべて畳敷きで、お客様にも靴を脱いであがってもらう。

衣桁《いこう》にかけられた立派な着物が奥に三枚、浴衣も棚の中にたくさん入っていて、和装小物も三十点以上が棚の上に飾られている。

お客様ひとりひとりの好みや要望を汲みとって、どんなものが欲しいのかを瞬時に悟《さと》る。そんなふうにできるようになるまで、俺もずいぶんと時間がかかった。

とくにお得意様への対応には気を遣っている。前回はどのような買い物をしたのか、どういった色がお好みなのかはもちろん、お得意様の娘さんは今おいくつなのか、孫は何人いるのか……。他愛ない会話から得た情報も覚えておかなければ、同じ質問をしてしまったり、礼を欠いてしまうことがある。

時期によって忙しさの差が激しく、繁忙期には絶対に体調を崩せないし、休日でもお得意様と会う確率が高いので、だらしない格好で外を歩いたりもできない。

最初は、なんて気疲れのする窮屈な仕事なのだと嘆いたが、今となってはやりがいを感じるようになった。

今日は衣都と従業員の中本《なかもと》さんが店番なので、親父と母さんは来ていない。衣都はいまだに着物姿に慣れないらしく、ぎこちなく接客をしていた。

「髪飾りがずれてるぞ」

「えっ、本当だ」

こそっと教えると、衣都は慌てて髪飾りをつけ直した。

俺が毎朝選んでいる髪飾りすら、ちゃんとつけることができていない、そんな衣都のことは、表向きはただのバイトだということにしている。

早く仕事に慣れてほしいものだと思いながら、使っていない衣桁を片付けていたそのとき、聞き慣れた声が俺を呼んだ。

「志貴さん」

「あっ、巣鴨《すがも》さん！　おこしやす」

「どうも」

巣鴨さんは、五十代後半の、気品のあるお得意様だ。今日も綺麗な黒髪をすっきりとまとめて、上品な牡丹《ぼたん》色の着物を凛《りん》と着こなしている彼女は、艶《あで》やかに笑った。

「今日はなにをご覧になります？」

「髪飾りを見せてもらえるかしら」

巣鴨さんの言葉に、すぐに衣都が後ろから髪飾りの新作が入った箱を持ってきた。

普段見慣れない従業員だからか、巣鴨さんが衣都にニコッと笑いかけた。

「新人さん？　初々《ういうい》しいわね」

「初めまして。これからよろしくお願いいたします」

衣都は緊張した面持ちで頭を下げて、笑顔を返した。お得意様の名前は先に教えていたから、衣都も巣鴨さんの名前だけは知っていたはずだ。

恐れ多そうにして衣都は奥に下がろうとしたが、巣鴨さんがそんな衣都を引き留めた。

「あなた、うちの姪《めい》っ子にどの髪飾りが合うか見てくれる？　若い子の感覚が知りたいわ」

「え、私がですか」

「この写真の右端の子がうちの姪っ子なんやけどね」

衣都は一瞬困惑していたが、静かに膝をついて、巣鴨さんが見せた写真を覗き込んだ。

変な返答をしないかどぎまぎしながらその様子を見守っていると、衣都は考えるように眉根を寄せてから、恐る恐る自分の考えを口にした。

「たとえばなんですけど、メイクの雰囲気に合わせて選んでみるのはどうですか。いつもはお着物に合わせて選んでいるかと思いますが、顔の印象に統一感が出るとより洗練されるかと思います」

「メイクに？　そないなふうに考えたことなかったわ」

「姪っ子さんはすっきりした目元で、ブルーのアイシャドウのメイクが大変似合っていますから、この上品なグレーの髪飾りで一段階大人な印象にしたり、同系色のブルーで涼やかにまとめてもいいかと思います」

思ってもみないくらいするするとアドバイスをする衣都に驚いて、俺は思わず目を丸くしてしまった。巣鴨さんも具体的なアドバイスに関心をもって聞き入っている。

そして、流れるようにグレーのシックな髪飾りの購入を決定した。

「おおきに衣都さん、姪っ子も喜ぶわ」

「こちらこそありがとうございます。姪っ子さんが気に入ってくれるといいんですが」

そう言って、在庫品を取りに行く衣都を追いかけて、俺も控え室に向かった。

暖簾《のれん》をくぐって中に入ると、衣都は緊張が解けたのか、ふうと胸を撫でおろしていた。

「衣都、なんで自分のファッションのセンスは悪いのに、あんなに的確なアドバイスができるんだ」

思い切り訝しげな表情でそう問いかけると、「どういうこと」とキッと睨《にら》まれてしまった。

「化粧品会社の研究職を目指してたから、たくさん女性を観察して、この人にはなにが似合うとか研究してたの。それがまさかこんな形で、少しでも活かせる日が来るなんて思ってなかったけど……」

気恥ずかしそうにごにょごにょと小声で話している衣都だったが、知らない一面を見て俺はなんだか少し嬉しくなってしまった。

もちろん知識的にはまだまだなところばかりだけれど、誰かに喜んでもらえることを素直に喜びとして受け取れる衣都が、いつかこの仕事を本気で好きになってくれたらいいと思えた。

俺は、在庫を探している衣都の頭をぽんと撫でて、先に巣鴨さんのもとへ戻った。

「あ、そういえば志貴さん。今日は違う用もあって来たのよ」

「え、違う用とは……？」

売り場に戻ってきた俺を見た巣鴨さんは、楽しげな様子で、今度はバッグからなにかを取り出した。

「これ、私の娘なんだけど、どうしてもあなたに会わせたくて」

まさかと思いながらも、俺は渡されたワインレッド色のふたつ折りの写真台紙を開いた。そこには、着物を優美に着こなしたお嬢さんが写っており、誰がどう見てもお見合い用の写真だった。

「私の娘、ちょうど志貴さんと同い年なの。会うだけでも、どうかしらねえ？」

「えっと、非常にありがたいお話なのですが……」

「もし今いい人がいないなら、考えるだけ考えてみてや」

「そうですねえ、俺もそろそろ身を固めろって感じですよね。でも今は仕事が」

仕事が充実していてそれどころではないという話にもっていこうとしたが、巣鴨さんは前半部分の言葉だけ聞いて、途端にパッと目を輝かせた。

「そうよね！　じゃあこれ娘の連絡先。あと髪飾り気に入ったわ、おおきにね。それじゃあ私はこのあと、お稽古があるので」

「えっ、ちょっと待ってください巣鴨さん、そもそも娘さんとはすでに仕事でお会いしたことが」

巣鴨さんは俺の言葉を最後まで聞かずに、お見合い写真と娘の連絡先の書かれたメモを預け、購入した髪飾りを嬉しそうに掲げて帰ってしまった。

斜め後ろから、衣都のじとっとした視線が突き刺さっている。

なんというタイミングだろう。今までもお見合いを持ちかけられたことは何度かあったけれど、衣都の前でこういう話をされるとややこしい。

「志貴、その人と結婚すれば？」

「なんてこと言うんだ、婚約者」

衣都のあっさりとしたひと言に少し傷ついていると、その隙に手元から写真をひったくられた。衣都は写真を見た途端に目を丸くさせてなぜか嬉しそうに声をあげた。

「うわ、すごい綺麗な人！　着物美人だ」

「着付け教室を開いてるからな。いいから返しなさい」

俺は衣都から強引に写真を取り上げた。それから、「中本さんに浴衣の着付けをもう一度教えてもらいなさい」と指示をして話を逸らした。

なんとも対応に困るお見合い写真と連絡先のメモをとりあえず引き出しにしまって、俺はその日の業務を終えた。

＊＊＊

「ええか衣都、俺には未来が見えるんや」

あれは十六年前のことだ。

まだ六歳くらいだった衣都に、中学生の俺はいつも、しょうもない嘘をついていた。

幼くて純真な衣都は、俺の言うことを全部信じていたと思う。

「本当に？　志貴兄ちゃんすごいなあ」

「せやから、今日風邪ひいて遠足に行かれへんかったくらいでしょげたらあかんで。俺の未来予想やと、もし衣都が今日遠足に行っとったら、バッタに追いかけ回されて泣いてることになっとったな」

「ええーっ、本当にー？」

「ほんまや。それに今日は雷も鳴るて予知してる」

「えっ、雷やだー！」

衣都が怯えた瞬間、カッと白い光が客間に漏れて、数秒後に小さくゴロゴロという音が聞こえた。本当はただ雷注意報を見ただけだったのだが、彼女はすっかり俺の予知能力を信じている。

衣都はその日、風邪をひいて熱を出してしまった。

衣都のお父さんである隆史さんは、どうしてもはずせない大きな仕事で遠出しており、九つ離れた衣都の姉は、塾のため夜の九時まで帰ってこない。

隆史さんに頼まれた通り、俺は部活を休んで、速攻で衣都の家に向かった。

敷布団の上で、顔を真っ赤にした衣都が、ふうふうと苦しそうに呼吸をしている姿を見て、胸の奥がぎゅっと狭くなったのを今でも覚えている。

「雷怖いよ……、志貴兄ちゃん」

「大丈夫や、さっき衣都の家に避雷針ぶすっと刺しといたったから」

「ひらいしん?」

「この家に雷は落ちひんよ、衣都」

「ほんまに……?」

不安げに瞳を揺らす彼女を安心させるように、俺は同じ言葉を呟いた。

「ほんまに」

まあ、避雷針なんて大嘘だけど。衣都が今安心して寝られるんだったら、たとえあとで嘘がバレてビンタされてもまったくかまわない。嫌われるのは嫌だけど。

俺は、衣都の布団のすぐそばに寝っ転がって、彼女の頭を撫でた。

「志貴兄ちゃん、風邪うつっちゃうよ」

「うちは、風邪ひかへん家系なんや」

「え、そうなの？」

「せや。だいぶ薄まったけど、代々魔女の血ぃが流れとるし」

「魔女⁉　魔女ってあの鼻が長くて、毒りんごの……」

俺の適当すぎる嘘をすべて信じた衣都は、怯えたように布団にくるまった。

そんな彼女に、さらに追い打ちをかけるように、俺はしょうもない魔女の真似をして脅した。

「寝ないと心臓取っちゃうぞ……」

「やー、やだ怖いやめてー！」

「ハハ、ええから早よ寝ぇ、寝ぇへんかったら魔女が来るで」

そう脅すと、衣都は布団を顔までかぶる。

「衣都寝るっ」

「ええ子や」

遠くで聞こえる雷の音、真夏の蒸し暑い空気。白い光が暗い部屋に差すたびに、震える小さな手を、ぎゅっと握りしめた。

俺の白いワイシャツは、走ってきたから汗くさかった。だから、あんまり衣都に近寄らないようにしていたけど、怖がりの小さな衣都は、すり寄ってくる。

十四歳にして、俺には守るものがあったんだ。

バスケの地区大会前の重要な練習試合よりも、塾のクラス分けの大事なテストよりも……なによりも、衣都が大切だった。

衣都、俺は、本当に未来が見えるんだよ。ただそれは、衣都の未来限定なんだ。

衣都は、誰よりも、誰よりも、幸せになるよ。

みんなに愛される子になるよ。

俺が、衣都が幸せになる道を照らしてあげる。

本当は俺もその道を一緒に歩きたいけど、ふたりで並んで通るには細い道だったら、俺は衣都の後ろを歩くよ。

「……そのとき衣都は、俺を振り返っちゃダメだよ。絶対に」

すーすーと小刻みに寝息を立てている彼女に、忠告した。

衣都は、それを聞いていただろうか。俺は、彼女が決断をするときが来たら、またその忠告をするつもりだ。自分が一番幸せになる道を決めたら、そこに俺が必要ないのなら、もう二度と俺を振り返っちゃダメだよ、と。

なぜって聞かれたら、そういう約束だから、としか答えられないけれど。

＊＊＊

「志貴ー、五郎がやたら吠えてる」

「本当だな、なんだ発情期か？」

「そんな……。志貴じゃないんだから……」

「バカ言え。そんな時期はとっくに過ぎたわ」

仕事を終え、普段着の甚平《じんべい》に着替えて部屋でひと息ついていると、衣都が五郎のことを心配していた。

もう日は暮れて八時だし、餌もしっかりグラムを測ってあげたのに、五郎はご機嫌斜めのようだ。確かに、おとなしい五郎がこんなに吠えているのは珍しい。

俺は、障子を開けて、縁側から五郎の頭を撫でた。衣都は、俺と同じようにしゃがんで五郎を心配そうに隣で見つめている。

「五郎、お散歩行きたいのかな？」

「いや違うと思う」

嫌な展開になりそうなことを察知して、俺はすぐさま否定した。

「五郎さんは、ご主人様が仕事終わりで疲れきってるときに、散歩行きたいなんていう犬じゃない」

「じゃあ衣都と行こうね、五郎」

「ちょっとマジで言ってんの、衣都さん」

「いいよ、おじさんは休んでなよ」

衣都はそう言って、すぐ庭に出られるように縁側に置いてあるサンダルを履いて、五郎にリードをつけた。

これが八歳の体力差ってやつだろうか。信じられないという気持ちでその光景を眺めていたけれど、こんな時間に衣都をひとりで散歩に行かせるわけにはいかない。

俺は、明日の仕事量を想像して激しく葛藤したあと、絞り出すような声をあげた。

「い、行く、俺も……」

「え、別にいいのに」

「本気トーンで断るなよ」

「きっと今日は満月だから吠えていたんだよ」と、衣都はわけのわからないことを言う。五郎は狼じゃないぞ。

五郎は外に出たら、嘘みたいに吠えなくなった。散歩がしたかったというのは本当だったのだろう。

衣都の言うように今日は落ちてきそうなくらい大きな満月で、思わず見惚れた。

「ねえ、どうせなら伏見稲荷大社《ふしみいなりたいしゃ》散歩しようよ」

「お前、正気で言ってんのか……」

「頂上までは行かないからさ」

「当たり前や。奥社奉拝所《おくしゃほうはいじょ》までやぞ」

促されるがまま、久々にあの千本鳥居《せんぼんとりい》で有名な伏見稲荷大社に来た。

夜の千本鳥居はなんだか神秘的で、延々と続く鳥居を照らすオレンジ色のライトが、煌々《こうこう》と輝いている。

衣都はしばらく東京暮らしだったせいか、やたらとはしゃいでいる。坂道もひょいひょいと、楽しそうに五郎とのぼっていく彼女の後ろ姿を、俺は呆れて見ていた。

お得意様に会ってしまうかもしれないので、少し距離をあけて歩く。

すると、すぐに鳥居の分かれ道にたどり着き、衣都は迷うことなくすっと左の鳥居の中に消えていった。

「衣都、転ぶなよ」

そう言いながら、俺はそこに立ちつくしてしまった。

……十六年前、衣都に忠告した言葉がフラッシュバックしたからだ。

『俺もその道を一緒に歩きたいけど、ふたりで並んで通るには細い道だったら、俺は衣都の後ろを歩くよ。そのとき衣都は、俺を振り返っちゃダメだよ。絶対に』

あの日のことを思い出して、俺は沈黙した。

衣都はきっと、心配しなくとも、ひとりで行く決断をしたら振り返ることなく前へ進むだろう。そのとき残された俺は、ちゃんと自分の道を自分で照らして歩けるだろうか。『もしかして衣都が振り返ってくれるかも』と、立ち止まって衣都の背中を見続けたりしてしまわないだろうか。こうして大きな分かれ道が目の前に現れたとき、俺だけが、進めなくなるのかもしれない。

「志貴ー！」

ひとりでぼんやりそんなことを考えていると、前から声が聞こえた。

衣都が、立ち止まり振り返って、少し心配そうに俺を呼んでいた。その声で、俺は一瞬で我に返った。

「……はいはい、今行く」

そう呟いて、俺は衣都と同じ左の鳥居に入る。

衣都と五郎が似たような顔をして俺を待っていたので、なんだか笑ってしまった。

「なに、笑ってるの」

「いや、なんでも」

くすっと笑いながら、俺はさりげなく衣都の手を取り、繋いだ。

「なに、さらっと手繋いでるの」

「なんだか愛しくなってしまってね」

そう言うと、衣都はじとっとした目でこちらを見つめてくる。

「こら、その疑心に満ちた目で人を見るの、やめなさい」

俺がムッとした声でそう注意すると、衣都は「だって」と言って口を尖《とが》らせた。

「志貴が嘘つきなせいで、私はとても疑い深い女になったんだよ。おかげでガードも堅くなり、恋人もできづらくなり、やっとできた彼氏もマザコンだったし……」

「男の引きが悪く、かつモテないのを人のせいにするな」

「ぐぅ……」

「まあでも、おかげで悪い虫がついてなくてよかった」

そう言って、ぎゅっと手を握る力を強めると、衣都は急に目を逸らした。

もし衣都じゃなかったら、今、強引にものにしている。耐えている俺を、誰か褒めてほしいもんだ。

そう思いながら俺は、衣都と一緒に石段をのぼった。同じ道を、手を繋いで、進んだ。

頂上まで延々と続く道を、オレンジ色の光が、ずっとずっと先まで、照らしていた。

とりあえず一年だけ

浅葱家に来て一カ月が経ち、あっという間にゴールデンウィークに突入した。

ゴールデンウィークはすべて仕事だと知らされて、自分が今、成り行きで社会人になってしまっていたことにやっと気づいた。

昨日の夜、志貴に『仕事はどうだ』とさりげなく聞かれたけど、私は言葉を濁してしまった。

最初よりは知識が増えて、少しは楽しくなりつつある。それに、巣鴨さんに髪飾りを選んで喜んでもらえたときは、素直にとても嬉しかった。

けれど、研究職に就く夢を、まだどこかで諦めきれない自分がいる。志貴もそれをなんとなくわかっているようで、それ以上は深く追及してこなかった。

「あ、朝だ……」

社会人の朝とは、こんなに絶望的なのか。私は、目覚まし時計を恨めしく叩いて、むくりと起き上がった。

今日は珍しく志貴が仕事の用事で朝から出かけているので、荒々しく起こされることはなかったけれど、立派な化粧台の上には、いつも通り志貴セレクトの髪飾りが置いてある。

いつの間に、と私は驚きながらも、志貴の完璧主義っぷりに改めて感服した。

「お腹減ったな……」

朝ご飯を作るために、今日はいつもより少し早く起きていた。開店時間である十時まで、まだかなり余裕がある。

はだけた浴衣姿のまま洗面所に行き、いつものように歯をみがきながらスマホをいじると、そこには新着メッセージが五十件入っていた。

何事かと思いメッセージアプリを開くと、大学の友人たちがグループ上で盛り上がっているようだった。あまりに通知が多いので、最後のメッセージだけ読むと、そこには衝撃的な一文が書かれていた。

【じゃあ明日、弾丸京都ツアーね！　ついでに衣都に会いに行こう！】

「待って、明日ってことは今日だよね……今日⁉」

提案者からの個人メッセージを慌てて開くと、【京都着いた】という本文に、京都駅の写真が添付されていた。

そうか、一般企業の多くはゴールデンウィークはお休みなのか。

友人には志貴とのことは全面的に隠していたが、京都で就職したことは伝えてあった。

写真には大学時代の友人ふたりが楽しげに写っている。私はすぐに【仕事終わったら合流する！】と返信した。

今日はちゃっちゃと仕事を終わらせてパーッと飲もう。こっちに来てから同年代の友人と一度も遊んでいなかったから、友人たちが来てくれることはすごく嬉しい。

目の前の鏡には、久々に生き生きとした笑顔の自分が映っていた。

仕事中もはやる気持ちが抑えられなくて、ついソワソワしてしまうと、社員の中本さんに、「今日はなにかあるんです？」と聞かれてしまった。

「今日久々に東京の友達と会えるんです」

「まあ、ええなあ、せっかくのゴールデンウィークやもんね」

「今日志貴がいなくてよかったー。あの人帰ってくる前に行かないと、『遊んでる暇があるなら着物の勉強しろ』とか言いそうだもん」

「息抜きは必要やさかいねえ、楽しんできはったらよろしいわ」

「中本さん……」

中本さんは、もし生きていたなら私のお母さんと同い年の女性だ。だからなんだかすごく親しみやすい。中本さんにも私と年の近い娘さんがいるらしく、とても優しくしてくれる。

私は表向きはただのバイト、と伝えてあるけれど、中本さんはなんとなく志貴と私の関係がそれだけでないことを知っているような気がする。それでも中本さんはなにも聞かずにいてくれるのだ。

「中本さん、娘さんと仲いいですか?」

「そうやねえ、私の誕生日にふたりで旅行する計画立ててるわ」

中本さんはとても嬉しそうに答えたので、思わずこっちまで笑顔になってしまった。

「わー、いいですねえ!」

「その日を励みにお仕事頑張らな思ってね」

「素敵です!」

「まあお仕事いうても、もともと着物が好きやから、毎日楽しいんやけどね。まさか憧れの浅葱屋で働けるなんて思ってなかったわ」

そう言って、中本さんはにっこりと微笑んだ。

自分が志望していた場所で働けるって、すごくやりがいがあるだろうな。

私も、研究職に就きたいという願望はあったけれど、大手企業ならどこでもよくて、手当たり次第に受けていた。中本さんみたいに、仕事を楽しいと思えるって、すごく素敵なことだ。

私も、もしお母さんが生きていたら、仕事の愚痴や不安を聞いてもらって、初任給でふたりで旅行とかしてみたかったな。

五歳のときに事故で亡くなってしまったから、お母さんの記憶はおぼろげだ。家族写真に写っている顔しか、記憶には刻まれていない。

私の家は少し複雑で、お母さんは、別の人と離婚した何年かあとに、お父さんと再婚した。私はふたりが再婚してすぐに生まれた子供で、私の姉の藍《あい》ちゃんは、お母さんの連れ子なのだ。

再婚するまで女手ひとつで育ててくれた、大好きなお母さんがいなくなってしまったことは、私には想像もつかないほどの悲しみだっただろう。

お母さんが生きていた頃の藍ちゃんは、写真の中で見た限りでは、信じられないくらい眩《まぶ》しい笑顔だった。私が物心ついたときには、あまり笑わない人になっていたから、写真に写っている昔の藍ちゃんは、私にとっては違和感があった。

志貴よりひとつ年上の藍ちゃんは、寮のある看護系の高校に進学し、そのまま看護師になって、現在はおばあちゃんのいる栃木《とちぎ》で働いている。

京都には、恨むことが多すぎるからと、そう言って藍ちゃんは家を出ていった。私はそのときまだ六歳で、藍ちゃんの言葉の意味がよくわからなかった。

高校在学中、藍ちゃんは年に数回しか家に帰ってこず、私が高校生、大学生になっても、メールや電話がくることは稀《まれ》だった。

私は藍ちゃんのことは面倒見のいいお姉ちゃんとして記憶しているけれど、藍ちゃんは私たち家族と距離を置きたがっているのだとなんとなくわかってからは連絡を取らなくなってしまった。

藍ちゃんが言っていた、恨むことが多すぎる、という言葉の真意はまだわからない。

でも、藍ちゃんがいなくなって、お父さんとふたり暮らしをするようになってから、志貴はますます私のことを気にするようになっていったと思う。

＊＊＊

「衣都が、ランドセル……」

真新しいランドセルを背負った私を見て、志貴が口元を手で覆った。そんな彼につられて父も涙を流し始め、目頭を押さえながら右手を志貴に差し出す。

「志貴くん、ハンカチ」

「隆史さん、さっき渡したやないですか、ハンカチ」

「もうびしょびしょや」

「絞ってください。俺のもびしょびしょです」

私が小学校に入学したとき、なぜか志貴は、学ラン姿でお父さんと一緒に入学式に出席して、ふたり一緒になって号泣していた。私は、なぜそんなに号泣しているのかまったくわからず、頭の上に疑問符を浮かべていたと思う。

広い体育館で行われた入学式では、もちろん学ラン姿の志貴はかなり浮いていて、小学校の先生には、「授業はどうした」と怒られていた。

「あれ衣都ちゃんのお兄ちゃん？　かっこええね」

でも私は、友達に口々にそう言われたので、あんまり悪い気はしなかった。

私が「志貴兄ちゃんと結婚する」と言っていたのはこの入学式の頃までだった気がする。ませていた私は、小学生になった途端にたちまち好きな人ができ、志貴を好きという気持ちは恋じゃないと思うようになっていったのだ。

でも志貴は、高校生になっても、変わらず私を大切にしてくれた。

高校のブレザー姿で授業参観に来たこともあった。お弁当を作ってくれたこともあった。当時は、家政婦に作らせたと言っていたけど。

志貴は、まるでお母さんがいなくなってしまったことであいた穴を埋めようとするかのように、ずっと一緒にいてくれた。

でも、誰しも反抗期があるように、私も志貴に反抗してしまったことがある。もう昔のことすぎて、謝るタイミングを逃してしまったけれど。

あれは確か十四歳のときで、志貴はすでに大学四年生だった。まだ中学生なのに大人ぶりたかった私は、色恋沙汰に夢中になっていた。というか、色恋沙汰にしか興味がなかった。

その頃つき合っていた彼が、校内でも有名な不良だった。周りの子に後れをとりたくないという理由で、早く彼氏が欲しくて、たいして好きでもないのにつき合ってしまった。

ある夜、その彼に呼び出された私は、お父さんに内緒で初めて夜に外出してしまった。

心配したお父さんは血相を変えて、志貴に私を探すようお願いしたらしいが、心配されて当然だと思う。でもそのときの私は子供だったから、夜に抜け出して彼氏と過ごすことが、とてもかっこいいことのように思えていたのだ。

彼が不良仲間とたむろしている場所に向かう途中、内心はドキドキしていた。本当に行っても大丈夫だろうか。怖い人はいないだろうか。お父さんは心配しているかもしれない。でももう中学生なんだし、こんなデートをしたって普通だよね、なんて自分に言い聞かせていた。

「衣都！」

でも、駅に向かう途中、志貴に見つかってしまったのだ。志貴は路肩に車を停めて、逃げようとする私を捕まえた。

いけないことをしようとしていたのがバレてしまった焦りと、なんでこんなことまで志貴に注意されなきゃいけないんだという怒りが、一気に私を燃え上がらせた。

「な、なんでいるの？」

「ええから帰るで、話はあとで聞くさかい」

「やだ、離して！　もう私十四歳なんだよ」

睨みながら掴まれた腕を振り払うと、志貴も声を低くして問いただした。

「ほんなら今ここで、納得できる理由を話してみ」

「彼氏に会うの！　それのなにが悪いの？」

「悪いことやなんて俺はひと言も言うてへん。悪いことやて思てるから、内緒で抜け出したんやろ？」

「志貴には関係ないじゃん！」

言ってからハッとした。

志貴は眉ひとつ動かさない。私だけが、動揺していた。罪悪感と焦りで、もうパニック状態だった。

志貴は、そんな私の手を引いて、「車に乗りなさい」とだけ言った。私は、おとなしく車に乗って、家に帰った。

それから一カ月後、冷静になった私はなんだか彼氏とは住む世界が違うことを実感して、別れた。そのことを、なんとなく志貴に告げると、志貴は「そうか」と言って、静かに微笑むだけで、それ以上はなにも聞いてこなかった。

心配して迎えに来てくれた志貴に向かって、あんなふうに関係ないと言い切るなんて、私はなんて子供だったんだろう。

志貴は、あのときどんな気持ちだっただろうか。

私が困っているときも、嬉しいときも、悲しいときも、いつだってそばにいてくれたのに、あんなふうに突き放されて、悲しくないわけがない。

それなのに、志貴はあのとき私のことをまったく叱らなかったんだ。

＊　＊　＊

「どこへ行く」

「うわびっくりした！」

仕事が終わって、鬼の居ぬ間にさっさと待ち合わせ場所に向かおうと思い、そろっと障子を開けた瞬間、志貴が帰ってきた。

プライベートなことは干渉してこない志貴だが、いつもと違うことを察したのか、やや疑うような目で私を見ている。

シックなデザインのノースリーブワンピースに、ブランドもののアクセサリーとバッグ。まさに見栄を絵に描いたような私の格好を見て、志貴は鼻で笑った。

「不粋……」

「わかるよ、私もやりすぎた感はあるよ！　でも女子にはいろいろとあるの」

「ふーん？」

志貴が、なにか言いたげな表情で私を見つめてくるので、羞恥心《しゅうちしん》で顔が赤くなってしまった。

志貴はそれ以上なにも言わずにスパッと障子を閉めて自分の部屋に入っていったが、私は不安になって再度自分の姿を鏡で確認した。

最近はいつも着物を着ていたから、こんなふうに足を出すなんて、久しぶりすぎて変な感じがする。ヒールに足を入れると、バランスを崩して早々にこけそうになってしまった。

自分の体がすっかり着物生活に慣れていることを複雑に思いながら、友人の待つお店へ向かった。

「衣都、久しぶりー！」

「わー、麻美《あさみ》に萌《もえ》、元気してた？」

店に着くと、同じサークルで仲良くなった友人ふたりが、すでに飲み始めていた。

私は彼女たちと軽く抱き合ってから、席に座った。

ふたりとも長かった髪を少し切ったせいか、たった数カ月会っていないだけなのに、なんだか大人っぽくなった気がする。

「まさか衣都に、京都の呉服屋に就職したいっていう熱い夢があったなんて知らなかったよ」

「あ、あはは、言ってなくてごめんね」

麻美の言葉に、私は乾いた笑いをこぼした。

実は大学の友人たちには、内定がとれなかったことは内緒にして、どうしても呉服屋に勤めたい夢があったということにしている。

ハイスペックな友人たちに、内定がとれなかったなんて言えるわけがなかった。

麻美は希望通り大手金融機関に内定し、萌はメーカーの営業として自分のトーク力を活かして働いている。就活で勝ち組となったふたりは眩しすぎるし、全部落ちたなんて言ったら気を遣わせてしまうに決まっている。

「衣都は今、日々着物の勉強中？」

京都での生活に興味津々な萌の問いかけに、本当の就職理由を見透かされないようびくびくしながら答えた。

「そうだね、着付けとか専門用語とかもいろいろ学んでる」

「えーいいなあー。こんな素敵なところで好きな仕事できて」

萌は私のことを本気で羨ましがっている。でも私は、そのときなにかが、ちくりと胸に刺さるのを感じた。

私も本当なら今頃、東京の大企業で研究職としてバリバリ働いている予定だった。努力が形になったみんなが、なんだかとても遠い存在に思えてしまうのは、私の心が狭いからだろうか。それともまだ、夢を諦めきれていないからだろうか。

「ごめん、ちょっと化粧室へ……」

いけない、少し頭を冷やそう。

私は静かに席を立って、化粧室に向かった。

鏡には、完璧に化粧をして着飾った自分が映っている。つけまつげをして、真っ赤な口紅を塗って、くるくると巻いた髪をハーフアップにした私がそこにいる。

志貴の化粧は、もっと上手だった。こんなんじゃなかった。私の顔立ちを活かした自然な仕上がりで、こんな、ただ派手な顔にするような化粧じゃない。

私、見た目の変化で人を幸せにする仕事がしたかったのに、自分にすらそれができていないんだ。

そんなふうに落ち込みながら、私は自分の頬を両手で叩いてから化粧室をあとにした。

　席に戻ると、私はふたりにあることを問いかけてみた。

「ふたりは、今働いていて、楽しい？」

「え、なに、どうしたの突然」

　らしくないことを聞いたせいか、麻美が戸惑ったように笑った。

　けれど、私が本気で聞いていることを悟ったのか、少し考えてから答えてくれた。

「私は、第一志望に入社できたし、学生の頃よりも経験できることがうんと増えて、そのために働くことは楽しいよ。もちろん現実と理想のギャップでつらいことも多い。でも自分でやろうと決めたことだから、頑張りたい」

　麻美の言葉に、萌も頷きながら言葉を続けた。

「ようは覚悟だよね。自分の人生だからさ。つらくても乗り越えるのは自分しかいないし」

　学生の頃は飲んで遊んでばかりいたふたりが、こんなに大人びた考えを持っていたなんて知らなかった。

　それに比べて私は、いったいなにを覚悟して今生きているだろう。

　自分の人生は自分で決めていくしかないのに、今の状況に流されて、なんとなく呉服屋で働いているだけだ。

ふたりよりずっと子供な考えの自分が、今すごく恥ずかしい。

このままじゃダメだ。このままじゃ、私、自分にもっと失望してしまう。

「ありがとう、萌、麻美。私も頑張る」

自分の中の焦りを隠しながら、私は必死に笑顔を作って、お礼を言った。

それから、こんなに頑張っているふたりに嘘をついている自分が嫌になって、私は本当のことを口にした。

「私ね、実は内定ひとつももらえなくて、こっちに戻ってきたの。恥ずかしくて、言えなくて、嘘ついてごめん」

そう言うと、萌と麻美は一瞬驚いたように目を丸くしたが、なにも言わずに小さく頷いてくれた。

自分の中のくだらないプライドをひとつひとつへし折っていかないと、私はきっと前に進めない。そう思って、震えた声で話を続けた。

「今はまだ、学ぶことに必死で、ふたりみたいに強い覚悟はないけど、いつか見つけたいな。呉服屋で、私にできること」

そう呟くと、麻美は笑って私の背中を叩いて、「絶対見つかるよ」と言ってくれた。

見栄を張って嘘をつき通そうとしていた数分前より、ずっと呼吸がしやすい。

頑張っているふたりの話を聞けてよかった。

心からそう思いながら、私はさっきよりもずっと美味しく感じるお酒を喉に流し込んだ。

「うー、酔った……」

つい盛り上がって、普段は飲まない日本酒を飲んでしまったせいで頭が痛い。

ふたりとは駅で別れ、なんとかひとりでバスに乗って志貴の家の近くまでは来たものの、あと五分というところで、気持ち悪くなってしまった。

近くの神社に入って、石段に座ると、ひんやりとした冷たさがおしりから伝わって身震いした。辺りは薄暗く、お稲荷《いなり》様の像の近くにあるひとつの街灯だけが、私を照らしてくれている。

頭を抱えて何度も深呼吸をして、吐き気を抑えた。

あと少しで家なのに、目の前の景色が、ぐらぐらと揺れている。とにかく水が飲みたい。

「最悪、明日も仕事なのに……」

夜の神社って、少し不気味だ。古びた賽銭箱《さいせんばこ》と、錆《さ》びついた鈴、そこに下げられている、赤と白の太い縄でできた鈴緒が、妙な雰囲気を醸し出している。

そういえばこの神社に、昔、志貴とよく来ていたような気がする。

「ふたりとも、眩しかったな」

思わずふと本音が漏れてしまい、私はひとりで小さく笑った。

就活に失敗した直後、私は企業に対する不満や疑問でいっぱいだった。

どうして努力は報われないのか。どうして私よりも頑張っていない奴が受かるのか。

ずっとそんなふうに他人と比べて怒りを増幅させていた。目に見える評価だけがすべてのように思えていた。

でも今は、そう思っていた自分が恥ずかしい。

就職活動中も、今も、私に足りないのは、〝覚悟〟なんだ。

自分をそんなふうに恥じていると、スマホがバッグの中で震えた。

「もしもし」

『衣都、遅くまで飲むのはいいが、帰りの時間がわかったら連絡しろよ』

電話の主は予想通り、少し不機嫌そうな志貴だった。

『聞いてるのか、衣都』

私は、すぐに声を出すことができなかった。

『衣都？』

「神社にいるの、迎えに来て」

『は？』

「迎えに来て、志貴……」

それだけ言って通話を切った。

酔っているからか、志貴の声を聞いた瞬間、なんだかすごく泣きたくなった。

志貴はきっと戸惑っている。面倒くさいって、思っているんだろうな。

でも、今、ひとりじゃ家に帰れる気がしないんだよ。

……八年前、初めて夜に家を抜け出した日。

本当は私、怖かったの。本当は私、志貴に迎えに来てほしかったの。志貴が私を見つけてくれたとき、心のどこかで安心していたの。

『志貴には関係ない』と言ってしまったけれど、志貴はきっと、わかっていたんだよね。図星を指されたことが恥ずかしくて、反射的にあんなことを言っちゃったんだってこと。

あのときの私は、ちゃんとつき合う覚悟もなかったくせに、周りに流されていた。彼氏がいないことが恥ずかしくて、見栄を張りたくて、彼氏を作った。

私はあの頃から、なにひとつ成長していないんじゃないか。自分の能力以上のことをしようとして、失敗して、失敗したことが恥ずかしくて見栄に見栄を重ねる。

私は中学生の頃から、なにも学べていない。

「ほんと、なにしてんだろ」

「本当になにしてるんだ」

「わっ、びっくりした」

独り言に返事が来たことに驚いて、つい大声をあげてしまった。

ぱっと顔を上げると、そこには少し息を切らした志貴がいた。

本当に、探しに来てくれたの？

八年前の志貴と今の志貴を重ねながら、石段に座ったままぼうっと彼を見上げていたら、ばちっとデコピンをされた。

「痛っ、なんでここってわかったの」

「GPSに決まってんだろ」

「え、つけてたの⁉」

「そんなわけねぇだろ。一番近くの神社に来てみたらいたんだよ。ここにいなかったら帰るつもりだった」

「また騙された……」

どうしてこうも簡単に騙されてしまうのだろう。そう落ち込んでいる私に、志貴は手を差し伸べる。

「うわ酒くさ、ほら、帰るぞ」

志貴の大きな手を、私はしっかり握った。サラサラしていて少し冷たい、私よりずっと長い指に包み込まれた瞬間、言いようのない安心感が湧いてきた。

……この手を、八年前、振り払ってしまった。

あんなにひどいことを言ったのに、どうして志貴は変わらず私に優しくしてくれるのかな。

ねえ、志貴。私、こんな見栄っ張りでプライド高い女だよ。志貴は小さい頃から私を可愛がってくれたのに、こんな女に育っちゃってきっと残念だったよね。

ごめんね。私も本当は、とっくにこんな自分に愛想尽かしそうだったよ。

「今日ね、東京の友達と飲んでたの」

ぽつりと呟くと、志貴は歩きだそうとするのをやめて立ち止まった。私はまだ完全には酔いからさめていない状態のまま、つらつらと今日の出来事を話す。

「ふたりとも、仕事は大変そうだけど、楽しそうだった。すごくキラキラしてて、すごく大人だった。正直、焦った。私は今、なにも頑張れていないなって……」

「衣都は昔からプライド高いからな。でも別に悪いことじゃない」

「悪いことだよ」

私が落ち込んだ声で呟くと、志貴はじっと私の瞳を見つめる。そして、真剣な表情で語った。

「就活、本気で頑張ったんだろ。努力しないと、プライドは高くならないからな」

志貴が私の手を引いて再び歩きだした。

どうして、志貴の言葉はぶっきらぼうなのに、認めてもらえたような気持ちになれるんだろう。

志貴の言葉に不覚にもぐっときているうちに、腕を引かれて、車の前まで連れていかれた。

そうか、車で迎えに来てくれたんだ。さっきは『ここにいなかったら帰るつもりだった』と言っていたけど、それはたぶん嘘だよね。徒歩圏内の神社だけ探すなら、車でなんか来ない。もしかしたら他の神社も回っていたのかもしれない。

志貴は、私のことをちゃんと大切に想ってくれている。私を見てくれている。わかってくれている。

こんなに理解してくれるほど、そばにいてくれた人に、八年前の私はどうしてあんなこと言っちゃったのかな。

……私、頑張りたい。ずっと見守り続けてくれていたこの人の役に立ってみたい。私も、浅葱屋の力になってみたい。ふつふつとそんな気持ちが湧き上がってきた。

「志貴、あのときごめんね」

「はあ？」

私が突然謝ると、志貴は訝しげに眉をひそめた。

「私、ずっとそのことを謝りたくて」

「いや待て待て、どのときだよ」

「八年前」

「謝罪の気持ちを寝かせすぎだろ」

私が答えると、志貴は間髪容《い》れずに突っ込んだ。

「夜、家を抜け出した私を、今日みたいに迎えに来てくれたのに、私ひどいこと言っちゃって」

「あー、なんとなく思い出せるような……」

志貴は難しそうな顔で頭をかいたが、鮮明には思い出せていないようだ。あんなにひどいことを言われたら、私だったら忘れられない。

あのときのことを謝ったら、途端に素直な気持ちになれて、心が楽になっていくのを感じた。

麻美と萌に会ったおかげだろうか。今やっと、見栄もなにもかも取っ払って、自分自身と向き合える気がする。

私が今、頑張るべきことは、なんだろう。そう思ったとき、ひとつの想いが私を突き動かした。

「志貴。私が化粧品開発をしたかった理由を、前に話したよね。見た目の変化で、誰かを幸せにしたいからって」

「そうだな、言ってたな」

「私ね、その夢を、呉服屋で叶えてみたい。静枝さんに着物を着せてもらったとき、私、すごく幸せな気持ちになれたの。その幸せを、私も誰かに与えてみたい。この前、巣鴨さんに髪飾りを喜んでもらえたとき、すごくすごく嬉しかった。希望していた職種とは違うけど、今はここで頑張るって覚悟を決めたの」

余計な見栄を張らずに、自分自身と向き合って前に進みたい。

まっすぐ志貴の目を見つめてそう言うと、彼は一瞬驚いたような表情を見せたが、すぐに優しく目を細めた。それから、一歩私の前に来て、綺麗な顔を近づけて私の目を覗き込んできた。

「早く、嫁に来る決心もしてくれるといいんだけど」

「そ、それは……」

今度は意地悪く口端を上げる志貴から、私は目を逸らすことしかできなかった。

とりあえず一年だけ、この人と一緒に暮らして、この人と一緒に働く決心をした。

この先の私の人生にずっとこの人がいるかどうかは、まだわからないけれど。

ニヤニヤと笑っているこの男は、私の未来がどうなるのかを、もうすでに知っていそうな気がした。

第二章

ライバル

『衣都、ほんまにちょっとの間だけやさかい、志貴くんと距離あけられへんか？ちょっとの間だけや。志貴くんに、頑張る時間を与えてやってくれんか？』

五年ほど前にお父さんに言われた言葉をふと思い出した。

高校生だった私は、その言葉の意味が、まったくわからなかった。

少しの間だけ、志貴とは会わないでくれと、距離をあけてほしいと、そう、頼まれた。

会えなかった四年間、志貴は、いったいなにをしていたのだろう。

六月も中旬に入ると、天気が崩れる日が続き、今日も分厚い灰色の雲が空を覆っていた。しかし、彼の口は天気にまったく左右されることなく達者に動いている。

「お客様は色白でいらっしゃるので、何色を着られても映えると思いますよ。でも私としては、こちらの藤色の上品な浴衣が、お客様の気品溢れるイメージに合うと思います」

「ま、まあ、そうかしら」

「ええ、とても。帯は少し暗くて深みのある紫紺系のものにして……髪飾りはこのあいだお買い上げになられたかんざしが、すごく合うと思いますよ」

「志貴さんにそう言われるとなあ」

京都のマダムキラー浅葱志貴、と呼ばれていることを、昨日中本さんに教えてもらった。他にも、着物王子だの三代目貴公子だの……お客様はみんな、志貴の営業スマイルに騙されているらしい。

ゼロ円じゃない営業スマイルをふりまいている志貴を白い目で見ながら、私は棚を掃除していた。

この店に来るお客様は、裕福な人が多い。セレブな奥様たちが志貴のひと言でさらに綺麗になれるのはとてもいいことだと思うけれど、私は声を大にして言いたい。そこにいる浅葱志貴はプライベートじゃそんなふうに笑わないし、とんでもなく完璧主義で面倒くさいですよ、と。

けれど、彼の圧倒的な知識量とセンスのよさは、本当に惚れ惚れとするくらいだ。私もいつか志貴のようにお客様にぴったりな着物を選んであげることができるだろうか。

「おい衣都、なんだその掃除の仕方は」

お客様が帰った途端、志貴は一瞬で表情を変え、私が拭いていた棚の上をつっと指でなぞってみせた。

「ちゃんと角まで拭きなさい」

「さっきまでの笑顔はどこへ……」

「お前に愛想ふりまいてどうする」

志貴にそう毒舌を吐かれたところで、人の気配を感じ、私は入口に視線をやった。

「あ、志貴、お客さん」

「おこしやす」

志貴は私の言葉に瞬時に入口を振り返り、表情も変えてみせた。

やってきたのは、志貴と同い年くらいの綺麗な女性で、私は心の中でこの人も志貴のファンのひとりなのだろうか、と思案をめぐらせていた。しかし、しばらくその女性の顔を見ていると、どこかで見たことがあるような気がしてきた。

「志貴さん、お久しぶりです」

「美鈴《みすず》さん、お久しぶりです。このあいだ、お母様が来てくださいましたよ」

「やだ、恥ずかしい。なにか変なこと言っていませんでしたか？」

「はは、大丈夫ですよ」

美鈴……美鈴さん……。その名前を脳内で検索して、ひとつの答えにたどり着いた。

もしかして、この前のお見合い写真の人？　巣鴨さんの、娘さん？

濡れたように艶《つや》やかな長くて黒い髪の毛を内巻きにして、自分の魅力を充分に引き立たせる菫《すみれ》色のワンピースを着ている。恐ろしく整った顔立ちで、すっと通った鼻筋や、きりっとした目元が、知的で大人っぽい印象を与えていた。

私がじっと観察している間に、美鈴さんは、菓子折りのようなものを志貴に手渡す。

「これ、凛々堂《りんりんどう》の水菓子なんです。お口に合うかわかりませんが」

「え、これ人気でなかなか買えない商品ですよね」

「ええ、志貴さんが水菓子お好きだと聞いたので」

「すみません、ありがとうございます。あ、どうぞ、こっち座ってください。お茶出しますんで」

志貴の言葉にハッとした私は、お茶の用意をしに一旦店の奥に行った。志貴もすぐにやってきて、一緒にお茶菓子の用意をしている。

「志貴、あの人、お見合い写真の人だよね？」

「ああ、そうだよ。よく覚えてたな」

「実物のほうが綺麗だね」

「まあ、そうだな。綺麗だと思うよ」

志貴があまりにもさらっと言うので、なんだか少しドキッとしてしまった。だって志貴が女性の容姿を褒めるのを、初めて聞いたから。

　少し動揺していると、志貴に「早く湯を沸かせ」と怒られた。

「美鈴さんはほうじ茶が好きだから。あと少し熱めで淹《い》れて」

「う、うん」

「栗羊羹《くりようかん》あったっけなあ。あ、あった。お茶淹れたら、これ一緒に持ってきて。俺は先に美鈴さんのところに戻ってるから」

「わかった」

　こんなふうに手厚くお客様をお迎えするのは初めてだったので、少し戸惑ってしまった。美鈴さんの食べ物の好みまで把握していることから、普通のお客様と違うことはすぐにわかる。長いつき合いなのだろうか。私は、少しモヤモヤした気持ちを抱えながら、お茶を用意した。

「どうぞ」

　緊張しながら、恐る恐るふたりの間にお茶とお茶菓子を置く。

「まあ、ありがとう」

「紹介します、彼女は今年の春からここで働くことになった近衛衣都です。彼女のお父様の作品もこちらで扱っていまして、お世話になってるんです」

「ああ、以前おっしゃっていた藍染め職人の？」

「そうです、その娘さんです。彼女とは昔からの長いつき合いで」

「妹さんのような存在なんですね。可愛らしいわ」

「少し気性が荒いですけどね。まあ、仲良くしてあげてください」

「まあ、ひどい人。そんなことないわよね、衣都さん？」

思い切り志貴に反論しようとしていたけれど、上品にそう聞き返されたので、なにも言えなくなってしまい、私はぎこちなく笑うしかなかった。

なんて品格のあるふたりなのだろう。私が必死に上品ぶった格好をしても、こうはなれない。美しすぎる。こうして美鈴さんといると、もともと整った容姿の志貴がいっそう素敵な男性に見えてくる。お似合いって、こういうことを言うんだろう。

私は、まるでドラマの撮影現場を見ているように、ぼうっと、ただふたりのことを傍観《ぼうかん》してしまう。そしてついうっかり、思ったことをぽろっと口にしてしまった。

「なんだか、お似合いですね」

嫌みとか、そういうつもりで言ったわけじゃない。本当に本音が出てしまったのだ。

志貴はすぐに、「なに言ってんだ、美鈴さんに失礼だろ」と私の頭を叩いたけど、美鈴さんは照れ笑いをしていた。

「衣都さんって面白いのね。よろしくね」

「あ、こちらこそよろしくお願いします」

「私しばらく東京に住んでいたのだけれど、五年前に両親がいる京都に戻ってきたの」

「わ、そうなんですか。私も最近まで東京にいまして……。東京ではなにをしていらしたんですか？」

「モデルの仕事を少しね。でも、もう疲れちゃって。今はこっちで着付け教室をやっているの」

住んでいる世界が違う。私は一瞬でそう感じた。私みたいな小娘が会話していいレベルの女性ではない気がする。教養も美もなにもかもがすでに完成されている。

志貴は、こういう人と結婚したほうがいいんじゃないのかな。美鈴さんと一緒にいたら志貴も怒鳴ったりしなくて済みそうだし……。そう考えたら、なんだか少し胸が痛んだ。

私が思っていることを悟ったのか、志貴はもう一度ぺしっと私の頭を叩いた。

「あまり余計なこと考えるな」

「人の心勝手に読まないでっ」

「仲がいいのね、ふたりとも」

私と志貴がぎゃーぎゃー騒いでいると、美鈴さんがくすくすと上品に笑った。

「じゃあ、私はこのへんで……」

美鈴さんが立ち上がると、志貴も少し焦った様子で立ち上がった。

「もう行かれるんですか」

「ええ、このあとお稽古があって」

「近くまで送っていきますよ。衣都、店番頼んだ」

「まあ、悪いわ」

「いえ、送りますよ」

そう言って、志貴は美鈴さんと一緒に店から出ていった。

志貴の美鈴さんに対する態度は、明らかに他のお客様へのものと違うように思える。

もしかして、周りに秘密でつき合っていたりする？　いやいや、でも志貴は私と婚約するって言っているし。もしや、政略結婚によって、私がふたりの愛を邪魔しているなんてことはないだろうか。

ひとりでそんなことを妄想しているうちに、志貴が帰ってきた。

「なんだその表情は」

「もしかして、私は悪役……？」

「アホなこと言ってないで仕事しなさい」

「結婚目前のふたりを引き裂きに来た幼なじみ役……」

「あー、なんか今日雨降りそうだな」

私の言葉を無視し、曇り空を見上げてそう呟く志貴が、心なしか切なそうに見えて、私は鬱々《うつうつ》とした気持ちのまま、その日の仕事を終えた。

志貴と会えなかった四年間、最初は寂しい気持ちもあったが、忙しかったおかげで、意外とあっという間だったように思える。

もし東京で就職していたら、私はもう一生、志貴に会うことはなかったのだろうか？　そう思うと、就職に失敗したことや、志貴と会うことを許されたこのタイミングも、運命的な気がしてきた。

そもそも志貴はこの四年間、なにをしていたんだろう？　そのことを聞いてみたいのだけど、なんだか聞いちゃいけないことのような気がして、ずっと聞けないでいる。

志貴も、いろいろあったんだろうな。私に彼氏がいたように、きっとつき合っていた人もいただろう。それが美鈴さんかどうかは、わからないけれど。

「ねえ、ドラマ見たいんだけど」

「このニュースが終わったらな」

仕事が終わり、お風呂に入って、ひと息入れに志貴の部屋に来ていた。

テレビは志貴の部屋にしかないから、仕方なくここに来るのだが、志貴はいつもニュース番組を見ていて、簡単には譲ってくれない。

私の部屋はもともと客間だったらしく、机と化粧台、それに小さな棚とタンスしかない殺風景な状態だが、志貴の部屋はその二倍ほどの広さで、同じ畳敷きなのにすごくスタイリッシュにまとめられている。まるで旅館のようなシンプルで上品なレイアウトで、ローテーブルとテレビと曲げ木の座椅子、それから、志貴が仕事をしたり日記を書いたりするためのパソコンデスクと、着物関連の資料がたくさん並んでいる書棚があった。

「たまには私に譲ってくれたっていいじゃん」

「ニュースを見て損することはないからお前も一緒に見ろ」

私が拗《す》ねたように言ってみても、志貴はぴしゃっと即答する。

「なんか今日、志貴、機嫌悪くない？」

「お前も今日はいつにも増してツンツンしてるだろ」

「ええ、してないよ」

思わぬ切り返しに、私は少しムキになってしまった。

しばらくくだらない言い合いが続いたが、それを遮るように窓の外から急に雑音が入ってきた。

「あ、雨」

志貴が昼間言った通り、突然雨が降りだしたようだ。そういえば、梅雨《つゆ》入りしたと、今朝天気予報で言っていたっけ。

ザーザーと冷たい音が障子の向こうから聞こえてくる。雨が降ると、家の中がとても静かに感じるのはなぜだろう。

「……雨、好きじゃないな」

ぽつりと呟いても、志貴はなにも返してくれない。

私はテーブルに突っ伏して、興味のない政治のニュースをなんとなく聞いていた。

そういえば志貴は、機嫌が悪いとなにも話さなくなる、たちの悪いタイプだった。

部屋から出ていったほうがいいんだろうけど、逃げたみたいになるのが嫌で、私はそのまま居座った。

「志貴、マダムにモテモテだね」

「美鈴さん、綺麗な人だったね」

「元モデルってすごいね」

ただひたすらぶつぶつと呟くが、志貴は相変わらずなにも返してくれない。甚平姿の背中が、こっちを向いているだけ。

なんだかだんだんこっちもムカムカしてきて、「ねえ」と大きな声で呼びかけたが、志貴はひたすらテレビと向き合っている。

「もういい加減返事してよ。なに怒って……」

痺《しび》れを切らした私は、志貴の肩をぐっと掴んだ。すると、振り返った志貴は鋭い瞳で私を見つめて、それから、笑った。

「はは、お前昔から、俺が怒ってると思うと、焦って饒舌《じょうぜつ》になるよな」

「なっ」

「笑いこらえるの必死だったわ」

「な、なんでそうやってからかうの」

志貴にまた騙されてしまった羞恥心で、私はこの家に来て何度目か知らぬ赤面をした。

笑い続ける志貴の口を手で塞ごうとしたら、思わず体勢を崩してしまい、そのままドサッと畳の上に倒れ込んだ。志貴はそんな私を上から見下ろして、一瞬時が止まった。

窓からは雨音だけがザーザーと聞こえてくる。沈黙が気まずくて、すぐに起き上がろうとしたが、志貴がいつになく優しい声で問いかけてきた。

「どうした今日、なにがあった」

こういうとき、大人になるのは正直ずるい。

志貴に、聞きたいことが山ほどあるよ。

私と四年間会えなかった理由は、なに？　美鈴さんとは、どんな関係なの？

聞きたいけど、言葉にならない。

私が言い淀んでいると、志貴のスマホが震えた。

「あ、悪い、ちょっと」

志貴はすっと立ち上がり、廊下に出た。

結局聞くことができなかった私は、ニュースの音声越しに、雨音と志貴の声に耳を澄ませた。

志貴の、仕事中の声が好きだ。言葉はお世辞百パーセントだけど、真剣で、低くて、少し色っぽくて、いい声だと思う。

「はい、では。美鈴さん、おやすみなさい」

あ、美鈴さんだったんだ。電話番号、交換しているんだ。そうだ、お見合い写真なんて持ってこなくても、ふたりはもう知り合いだったんじゃん。電話番号も知ってたんじゃん。

私の知らない志貴がいることが、なぜこんなにも面白くないのか。自分でもよくわからない。

そして、志貴は明らかに美鈴さんに対して気を遣っていて、丁重に対応している。普通のお客様に対する態度とは少し違った。

『妹さんのような存在なんですね。可愛らしいわ』

志貴は、あの言葉を否定しなかった。今思うと、私のモヤモヤの根源は、それのような気がする。美鈴さんが綺麗だからとか、志貴が美鈴さんと親しいから嫉妬したわけではなくて、あのとき、志貴が私をただの従業員として紹介し、妹のような存在だという認識をまったく否定しなかったことに腹が立って、モヤモヤしたのだ。

そういえば志貴の言う通り、そのあとの志貴に対する発言は全部ツンツンしていたかもしれない。自分では気づかなかったけど、私、志貴に当たっていたんだな。

でも、嫌だったんだ。志貴が私のことをただの妹って思っていたら……そう思うと、なんだか少し、嫌だった。

「衣都、もう日付変わるぞ、自室で寝なさい」

志貴の言葉に、私はなんの反応も示さなかった。こんなにモヤモヤしていることに疲れてしまったのだ。

とりあえず、ここにいてもなにも解決しないことはわかったので、私はむくっと起き上がった。そのまますごすごと部屋を出ていこうとしたとき、手首を掴まれた。

「さっきなにを言いかけたんだ」

志貴は、真剣な瞳で私を見つめる。

「衣都、ちゃんと言葉で、話してくれ」

志貴はいつも、二回目は優しく聞いてくるからずるい。

どうして妹のように思われているかもしれないことが、こんなにも苦しいのか。

私が黙っていると、ふっと頬に手が触れた。

「黙っているならキスする」

「今日の午前中のことなんだけど」

「急にしゃべりだしたな」

志貴が柔らかく笑ったので、さっきまでのとげとげしていた自分の気持ちが、ほんの少し溶けて、するっと口から本音が漏れた。

「志貴にとって私は、妹みたいな存在なのかな」

「は？」

「なんでさっき否定しなかったの？」

私の問いかけに、志貴はなにも答えない。

「……み、美鈴さんと、なんでそんなに、親しいの」

この沈黙に耐えられなくなり、声が少し震えてしまった。

なにを言っても眉ひとつ動かさずに表情を固まらせたまま黙っている志貴に痺れを切らして、私は少し語気を荒らげた。

「だ、黙ってないでなにか言ってよ」

志貴は、『なんで』を繰り返す私に、もしかしたら呆れているのだろうか。

不安と羞恥が渦巻いたけれど、志貴は想像とはまったく違う言葉を言ってのけた。

「……いや、単純に可愛いなと思って」

「真面目に聞いてるんだけど！」

予想もしなかった軽い言葉に、私は思わず噛みつくように言い返す。

けれど、志貴は嬉しそうな顔をしながら、口元を手で隠した。

「なんだよ、妬《や》いてるのか」

「それは違う」

「即答かよ」

志貴は、ふっと笑って、私の頭をぽんぽんと叩く。

営業用じゃない優しい笑顔を久々に見たので、ちょっとドキッとしてしまった。

「美鈴さんは、着付け教室で浅葱屋の着物の紹介もしてくれているんだ。実際に浅葱屋の着物を使って教えたり、お世話になってる大切な仕事相手だ」

「え、そうなの？」

「さっきの電話もその話だよ。お見合いの話が来る前から、ちょくちょく一緒に仕事してる」

戸惑いながら「そうだったんだ」と呟く私をさらに安心させるように、彼は言葉を続ける。

「実際、美鈴さんの教室からうちの店を知って来てくれるお客様も増えてる。だからお世話になってる美鈴さんには、手厚く対応してる。……納得しましたか？」

「はい……」

素直に返事をすると、「ならよろしい」と言って、志貴はまた私の頭を撫でた。

なんだ、そういうわけだったのか。ふたりの関係性がプライベートな意味で特別じゃなかったことに、なぜか安堵している自分がいる。

それが志貴にも伝わったのか、志貴は呆れたようにもう一度笑った。

「ほら、だから早く寝な。男の部屋にあんまり遅い時間までいるんじゃない」

まるで母親のような口調でぴしっと厳しく言い放つ志貴に、私は子供のように口を尖らせる。

「別に、志貴の部屋にいたって、なにも起きないじゃん」

「……そうやな」

志貴は少しなにか考えるように間をあけて同意した。

なんだ。そこはすんなり否定もせずに受け入れてしまうんだ。

やっぱり志貴は、私のことをただの妹としてしか見ていないんじゃないか。

なぜそのことを少し悔しく思っているのかわからないけれど、なんだかつまらない気分になった私は、その気持ちを遠回しに志貴にぶつけてしまった。

「志貴はいつも、ニュース見てるか、レシピサイトに投稿してるかのどっちかだし」

「プライベートな時間くらい好きにさせてくれよ」

「いいけどさ。本当は私なんかに興味ないんじゃ」

「衣都」

私の言葉を遮って、彼が私の名前を呼んだ。唇になにか柔らかいものが触れて、雨音が、一瞬だけ聞こえなくなった。

志貴の手は私の後頭部にしか回っていないのに、拘束衣を纏《まと》わされたかのように、全身が動けなくなってしまう。唇から柔らかい感触が消えても、私はしばし頭の中が真っ白で、なにも考えることができなかった。

「え……？」

「そろそろ、なにか起きてもええ頃かな思って」

「な、なに、え……」

「じゃ、おやすみ」

そう言い残して、志貴は静かに障子を閉めた。その障子に向かって、私は茫然としてしまった。

私は、放心状態のまま自室に戻り、敷布団にダイブする。

目を閉じてゆっくりさっきのことを整理すると、志貴の真剣な瞳と、強引に引き寄せられた感覚と、唇の感触が蘇り、お腹の底から出てしまいそうな叫びを、枕に顔を当ててなんとか抑えた。

私は、つくづく単純な女だ。

今まであやふやだった線が、今、再びはっきりと、引かれた。

志貴が、私の中で〝男〟というカテゴリーにいたことを、再認識させられた瞬間だった。

初めてついた嘘

そういえばあの日も、梅雨がまだ去りきっていないような、少しじめっとした初夏だった。

志貴が、今にも壊れそうな顔をしていたから。だから、彼を守るために嘘をついてしまったんだ。

だってあのとき、嘘以外に彼を守る方法が、見つからなかったんだよ。どうしても、見つからなかったんだよ。


「……梅雨、あけたんじゃなかったの」

「寝癖直してこいよ、衣都」

「寝癖じゃないよ。うねってるの、湿気で。コテで伸ばしても意味ないの！」

「天パの人はどうしてうねりを指摘すると過剰に怒るのか、俺には理解できない」

「直毛は黙って」

七月上旬の朝九時。いつも通り、志貴の完璧な朝食を食べ終えて、五郎に餌をあげて、着物を着終わっても、髪型だけがどうしても上手くまとまらなかった。

髪がごわごわしてしまっていて、お団子にしても綺麗にまとまらないし、下ろしても広がってしまう。

どうしていいかわからず苛立《いらだ》っていると、志貴が化粧台に座っている私の手から、櫛《くし》を奪い取った。

「貸しなさい。前見て、少し顎引いて」

くいっと頭を動かされた。

志貴は、私が中途半端にまとめていた髪を一瞬でほどいて、ゆっくりと櫛で梳《と》かした。

鏡には、真剣な表情で私の髪をさわっている志貴が映っている。

キスをされた日から、約一カ月が過ぎた。

あの次の日、志貴は何事もなかったように朝食を準備していた。正直、私は志貴のことを意識してしまって、ろくに仕事もできないような状態だった。けれどあまりに志貴が普段通りなので、『あれ、もしやあのキス事件は私の幻想？　少女マンガの読みすぎ？　それとも欲求不満？』などと考えているうちにどうでもよくなり、いつしか考えるのを放棄した。

志貴はあれ以来キスなんかしてこないし、手も握ってこないし、触れてもこない。だから今、志貴に触れられているのが久々すぎて、少し緊張する。

「衣都、ちゃんとドライヤーで乾かしてから寝てるか？」

「か、乾かしてるよ」

「まさか自然乾燥じゃないだろうな」

自信なさげな返答をあやしんだ彼は、低い声でそう問いかけてきた。

距離感にどぎまぎしながら、私は初めて志貴にメイクをしてもらった日のことを思い出していた。あのときも、ガチガチに緊張していたはずだ。

でも今は、あのときとは違う。緊張というより、意識してしまっている。

私の頭を軽く包み込んでしまえるくらい大きな手が、優しく髪をまとめていく。

鏡越しに志貴を見るたびに、ドキッとした。

ドキドキしながらも、私はひとつのよくある事例を思い浮かべて、なんとか自分の気持ちを落ち着かせようとした。

好きじゃないのにノリでキスをしてしまい、それ以来相手のことを好きかも、と気持ちが膨らんで盛り上がってしまうパターンだ。私はそういう話を友人からよく聞いていたし、勘違いしちゃうのは女の子側だけ、ということも教わっていた。

時間が経てば、この感情もどんどん薄れていくはずだ。

幼い頃、確かに志貴と結婚したいと言っていたこともあったけど、私が赤ちゃんの頃におむつを替えたりしてくれた人を好きになるなんて、それはない。ありえない。

自問を繰り返し必死に自分で否定して納得した。それなのにどうしてこんなに、目が彼を追ってしまうのだろう。

「よし、できた」

「わあっ、すごい！　いつの間に」

ぼうっとしている間に、髪型が完成していた。前髪も巻き込んで両サイドを編み込み、後ろでふんわりとしたお団子にまとめてある。余分な毛もしっかり巻きつけてあるから崩れにくいし、前髪のうねりを気にする必要もない。まさに湿気に弱い天パ対応のまとめ髪である。志貴は本当に器用だと、つくづく感心してしまう。

「今日は青の着物だから、白と薄い黄色の花の髪飾りだ。ほら、着物の青が引き立つだろ？」

「うん、本当だ……」

「じゃあ、仕事行くぞ」

「あ、ありがとう、志貴」

そう言うと、志貴はつんと私の髪飾りの花を指で揺らして、小さく笑った。

「似合ってる」

そう、志貴は毒舌なくせに、昔からこういうことをなんのためらいもなく言って、女の子を誤解させることが得意だ。志貴に対する免疫がない人は、毎回その言葉と色気にあてられていて、大変そうだった。

その気にさせて、告白されたら振るなんて、残酷すぎる。幼いながらに、志貴は女の敵のタイプだなと思っていた。

志貴は小学生の頃からモテていたらしいけど、私が見てきた中では高校生の頃がピークだったように思える。

志貴は、言葉は乱暴だけど、実はすごく優しいし、いつも笑っている。誰よりもあたたかい性格で、みんなそれを知っていた。

でも、そんな志貴が唯一、自分のことで怒ったことがあった。私はそれを、今でも鮮明に覚えている。

＊＊＊

もう、十三年も前のことだ。今日みたいな、じめっとした夏の日だった。

「志貴兄ちゃん、衣都ね、コロコロアイスが食べたい。まあるいの」

「しゃあないなぁ」

一日中雨が降ったりやんだりの、ぐずついた天気。九歳だった私は志貴と買い物に行っていた。正確には、私が勝手についていっただけだけど。

志貴は確か高校の制服のワイシャツ姿で、私と手を繋いで商店街を歩いていた。今考えると、思春期真っ只中なのに、よく恥ずかしげもなく手を繋いでくれたなと思う。妹とだとしても、誰かに見られたら恥ずかしい年頃だろうに。

「衣都ー、志貴兄ちゃんは棒アイスがええと思うで」

「やだ、コロコロがいい！」

「コロコロはここやと売ってへんからあかん。諦め」

そんなふうに、私のわがままでいつも通り騒いでいるときだった。志貴のことを、誰かが遠くで呼んだ。

「あれ、浅葱先輩やない？」

「キャー、ほんまや、浅葱先輩や！」

呼んだというより、噂《うわさ》をしている、という感じ。

志貴といると、そんなことには慣れっこだったけど、その日はなんとなく志貴の顔色を窺《うかが》ってしまった。

子供は意外と人の感情に敏感で、大人が思う以上にいろんなことを理解している。

心配に思いながら志貴の顔を見つめていると、志貴は「ん？　どうした？」と言って、私の頭をぽんぽんと叩いた。

「やっぱ衣都、棒アイスでいいよ」

「ええよ、コンビニまで行こ。コロコロアイス買うたげるから」

「ほんとにー？」

「行くで」

そう言って、志貴は私の手を引っ張ったけれど、遠くにいた志貴のファンの女の子たちは、こっちに駆け寄ってきた。

「あの、浅葱先輩ですよね？　御堂学園《みどうがくえん》の」

「……そうやけど」

「うちら南高《みなみこう》の保育科の一年生なんですけどー。一応、浅葱先輩と同中でー」

「あー、総合高校の」

志貴の言葉に彼女たちはパッと表情を明るくした。

「そうです！　このあいだ、うち小学校のボランティアに参加して、妹さんと一緒に遊んだんですよー。今、妹さん見つけて声かけに行こう思たら、まさかの浅葱先輩でー」

「ね？」と言って、その女の子が私に笑顔を向けてきた。

私はもちろん初対面だったし、ボランティアで高校生のお姉ちゃんと遊んだ記憶もない。でも、なんだか子供なりに否定しちゃいけないような空気を感じて、怖くなった私は志貴の腰にぎゅっとしがみついた。

そのときは、どうしてそんな嘘をつかれたのかわからなかったけど、妹の私と仲がいいことをアピールすれば、志貴と近づけるかも、と考えたのかもしれない。

「まさか浅葱先輩がお兄ちゃんやったなんて思いませんでした」

「溺愛している妹さんがいはるっていう噂、ほんまやったんですねー、浅葱先輩可愛いー」

「妹さんも、そういえばお兄ちゃん大好きって言うてたんですよー。それって浅葱先輩のことやったんですねー」

矢継ぎ早に進む会話に、志貴の表情が凍っていくのを感じた。私はますます怖くなって、志貴に『帰ろう』と言おうとした。

でも、遅かった。いつもよりずっと低い声が、聞こえた。

「そもそもこの子は妹ちゃうよ」

「えっ、そうなんですか？」

「本当の妹がもし生きとったら聞いてみたかったよ。大好きって、言うてほしかったわ」

「浅葱先輩……？」

「ていうか、この子怯えてるし、今すぐ消えてくれへんかな？」

「そ、そんな……」

「あと、俺、計算高い嘘つく奴、大っ嫌い」

あのいつも優しい志貴が、人に面と向かって『大嫌い』と言った。その破壊力は、幼い私にとっては相当なものだった。

怖かった。知らない人みたいだった。志貴を、初めて怖いと感じた。

志貴に手を引かれてその場を去ったけど、その力が強すぎて痛かったし、歩幅は大きくてついていくのが大変だったし、コロコロアイスを買ってくれるって言ったのに、コンビニは寄らずにそのまま家に帰ってしまった。

私にとってとても衝撃的なことで、低い声より、冷たい瞳より、力強い手より、なによりも怖かったのは、志貴の言葉だ。

『俺、計算高い嘘つく奴、大っ嫌い』

私は、その日、過去に志貴についてしまった大きな嘘を思い出して震えた。

志貴に嫌われるかもしれないと、本気で悩んだ。

＊　＊　＊

「……志貴。そういや中本さん、明日少しだけ遅れるかもしれないって」

私の言葉に、志貴はまったく反応しない。志貴は、子供用の浴衣を見ながら、ぼんやりとしていた。

今日は昼から雨が降り、お客さんがあまり来ず暇だった。

私は着物の勉強や掃除をして過ごしていたけれど、志貴はどこかずっとぼうっとしている。着物のレンタル予定の管理をしたり、デパートでの展示会の話をしたり、美鈴さんの着付け教室に貸し出す着物の準備をしたり、仕事はきっちりこなしていたのだが、心ここにあらず、といった感じだ。

いつもは私の言葉にすぐ反応してくれるのに、夏が近づくと、志貴の心はどこかへ行ってしまっているような気がする。こういうときはなにを言っても生返事しかされないとわかっているから、私は黙っていた。

「衣都ちゃん、お疲れさん」

「静枝さん！　お疲れさまです」

雨の中、赤い傘が少し見えたと思ったら、ひょこっと静枝さんが顔を出した。

静枝さんは、今日もぴしっと着物を着こなして現れた。そんな彼女から手土産のお団子を受け取り、私はすぐにお茶を淹れる。

「おおきに、衣都ちゃん」

「雨、すごいですね。濡れませんでしたか？」

「ほんまやなあ、ちょっと外に出ただけやのに足袋《たび》がびしょ濡れやわ」

静枝さんはそう笑って、お茶をすすった。

静枝さんが来たというのに、志貴は会計の処理をしているのか、ちらっとこっちを見て頭を下げただけで、すぐにまた作業に戻った。

「志貴、それ終わったら、今日は店を閉めてお花買いに行こか」

「うわっ、びっくりした！　いつの間に来たはったん⁉」

「あんたうちにさっき会釈したとき、なんやと思てたん」

静枝さんは、冷めた目つきで志貴を見ている。

「いや、会釈した記憶もない……」

「あんた、もしこれがお客様やったらどうするん」

「いや、金のにおいがしたらどんなに呆《ほう》けていてもわかる」

「えらいすごい商人やな」

静枝さんはそう笑って、お店の暖簾《のれん》を下ろした。

本当に今日はもう閉めてしまうのだろうか。どうしていいかわからずおろおろとしていると、静枝さんが「手伝って」と私を手招きした。

志貴はやっと我に返ったのか、会計の仕事を終わらせて閉店の準備を始める。

「志貴。中本さん、明日少しだけ遅れるかもしれないって」

「ああ、了解」

さっき志貴にかけた言葉を、もう一度伝えた。今度はちゃんと届いたらしく、私はとりあえずほっとした。

「衣都ちゃん、ちょっとお留守番しとってくれる?」

「あ、はい! お花買いに行かれるんですか?」

「うん。ごめんやけど、すぐに帰ってくるさかいに。さ、志貴、車出してんか」

車という単語を聞いて、志貴は明らかに面倒くさそうな表情をした。

「歩いて五分とこやん」

「嫌や、濡れるわ」

「はいはい」

志貴は気だるそうに、車の鍵を取りに奥の部屋に行く。

「命日なんよ、今日。桜の」

あまり状況を把握しきれていない私に、静枝さんが言った。私は、ああ、今日だったのか……と納得した。

桜ちゃんは、志貴の妹だ。たった三カ月しか生きられなかったけれど、もし今生きていたのなら、十七歳になる。私とも、きっとすごく仲良くなれただろう。

桜ちゃんが生まれてくると知ったとき、私のお母さんはとても喜んだらしい。『衣都もついにお姉ちゃんね』って、私の妹じゃないのに。

私も、会いたかったな。会ってみたかったな。桜ちゃんに。

志貴が、夏が近づくとぼんやりしだす理由は、やっぱり桜ちゃんだったんだ。

「ほな衣都ちゃん、行ってきます」

「はい！　気をつけて」

車を店の前につけた志貴が静枝さんを呼び、静枝さんは私に柔らかく微笑みかけて、店をあとにした。残された私は、車が角を曲がるまで見送る。

「ひとりだ……」

私は、湯のみと傘立てをしまって、奥の部屋に向かった。

長い縁側を、志貴に習った通りの歩き方で歩き、左手に一望できる立派な庭を眺めた。蓮池は水を増し、五郎は犬小屋にこもっている。三月には白い花を咲き誇らせ、その花の重さでしなっていた雪柳も、今は緑色に姿を変え、雨の重さに耐えて揺れている。

寒そうに震えている姿が心配で、私は縁側に座り込んで五郎を見つめた。犬も雨は嫌いなんだろう。私も雨は大嫌いだ。湿気で髪がうねるのも、濡れた土のにおいが立ち込めるのも、ザーッという無機質な雨音も、すべてが私を暗い気持ちにさせる。

でもきっと一番の原因は、十三年前のあの雨の日に、志貴が見せた顔が忘れられないからなんだろう。

「なんか、疲れたな……」

なんとなく、すぐに着物を脱ぐ気になれなくて、私はその場にぺたっと寝転がった。こんなところを志貴に見られたら、きっとすごく怒られる。でも、なんだか身体が重いし、だるい。

私は雨音を聞きながら、そのままゆっくりと目を閉じた。すると、雨音とともにあの日の光景が蘇ってきた。

ファンの女子高生を置いて、志貴に強引に手を引っ張られて帰った日。結局、一度はやんでいた雨がまた降ってきて、志貴も私もびしょびしょになったんだ。

志貴の怒った顔を初めて見た衝撃と、強引な手の繋ぎ方に驚いて、私は家に着いてもしばらく、志貴の顔が見られなかった。志貴が私の髪をタオルで拭いてくれたけど、お礼もなにも言えなかった。怖かったのだ。志貴が。

私も志貴に、あんなふうに冷たい目で見られるんじゃないか。だって、私も志貴に嘘をついてしまったから。

……そういえば、いつかの道徳の授業で、嘘には人助けの嘘と、人を騙す嘘の二種類があると聞いたことがある。

私のついた嘘は、どっちだったかな。決して騙すための嘘ではなかったけど、無責任なことを言ったと思う。もし桜ちゃんが聞いていたら、怒られたかもしれない。

優しい嘘と、無責任な嘘は、ときに紙一重だ。

「ごめんなさい……」

夢の中の、幼い頃の私が志貴に謝っているのか、それとも現実でのことなのか。

夢と現実の狭間で、私はゆらゆらと揺れていた。

雨が激しく地面を打つ音、濡れた土のにおい。私はこのふたつが、やはりどうしようもなく嫌いだ。悲しい気持ちが蘇るから。

「嫌わないで、志貴……」

「……なにを？」

あれ、今、志貴の声が聞こえたような気がする。

徐々に過去の映像が遠のいて、雨に打たれる雪柳がぼんやりと見えてきた。

「帰ってきたらこんなところで寝てるから、何事かと思ったわ。びっくりさせるなよ」

「志貴……？」

「ほら、着物の型崩れるから、起きな」

本物の志貴だ。私は寝ぼけ眼のまま、ぼんやりと志貴を見つめた。

志貴は、昔と変わらずに手を差し伸べてくれる。

紫紺色の着物に、少しだけお線香のにおいが混じっている。その香りが鼻孔《びこう》をくすぐった瞬間、なんだか胸の中がぎゅっと苦しくなった。

私は無意識に志貴の手を取って、それから、志貴に抱きついた。志貴は、反動で後ろの柱にゴンッと頭を打ってしまった。

「いって……。なに、どうした、衣都？」

志貴が、私の額に手を当てる。心配そうに私を見つめる志貴を見たら、なんだかたまらなくなってしまう。この感情になんと名前をつければいいのかわからない。

志貴、ごめんね。嘘ついてごめんね。でも私、志貴には嫌われたくないよ。

「あのね、私ずっと志貴に言いたいことがあって……」

まだ寝ぼけているのかな。こんなに志貴と密着しているのに、普通に目を合わせられる。あのキス以来、ちゃんと合わせることができなかったのに。

「志貴、私ね……って、ちょっと待って待って、なんかキスしようとしてませんか」

「あ、悪い、つい。いいよ、続けて？」

「続けられるか！　なんか一気に頭冴えてきたよ」

「寝ぼけてるうちに済ませておけばよかった」

志貴の顔が妙に近いと思っていたけれど、唇が触れる直前で私は我に返った。

軽蔑するような目で志貴を睨むと、志貴は「誘ってきたのはそっちだろーが」と悪態をつく。『誘ってないわ』と心の中で全力で突っ込んだが、志貴に抱きついている この状況に改めて気づいて、なにも言えなくなった。

私は慌てて離れようとしたが、志貴がそれを防ぐ。志貴は私をもう一度ぎゅっと抱きしめ、「話の続きは？」と、耳元で囁いた。

私は、少し速くなった鼓動に気づかれないように、ゆっくり心を落ち着けて、たどたどしく答える。

「謝りたかったの、昔のこと……」

「ふ、またかよ。今度はいつの日のこと」

志貴は呆れたように笑う。

「この前のとは謝罪のレベルが違うの。志貴に、嫌われるかもしれないの。私、怖くて……」

「衣都」

不安でだんだんと声が小さくなっていく私を、志貴が優しい声で呼んだ。

「衣都、俺は、たとえ衣都にどんなに理不尽なことをされても、怒らないよ」

「どうして志貴はそんなに優しくしてくれるの……？」

「どうしてだと思う？　……なあ、衣都」

志貴が、優しく私の肩を掴んで、じっと私の瞳を見つめた。彼の、少し茶色い瞳に、困惑した表情の私が映っている。志貴は、そんな私の頬を撫でて苦笑した。

「わからないのか？　衣都」

「な、なにが……」

志貴の色気に惑わされないように少し身体を離したが、彼は私の頬に再び指を滑らせて囁く。

「俺の中で、衣都がどんな深いところに存在しているのか、まだわからないのか？」

「志貴……？」

「アホ面」

志貴の真剣な表情に驚いて戸惑っていると、ぶにっと頬をつねられてしまった。

彼の行動や言葉を理解する前になにかされるから、私はいつも思考が追いつかない。

志貴はすっくと立ち上がり、突然持っていた紙袋を私の目の前に置いた。見覚えのある紙袋だった。

「これ、凛々堂……？」

「帰りがけに美鈴さんに会ったからな。冷蔵庫にしまっておいてくれ」

美鈴さんとまた会ったんだ、と少しモヤモヤしていると、なにを勘違いしたのか、志貴が念を押すように口を開く。

「なんだ、食うなよ。お客さん用に回すんだから」

「ええ、せっかく志貴にくれたのに」

「仕方ないだろう、経費削減だ。今度美鈴さんの家行くし、そのときちゃんとお返しするよ」

「え!?　家に行くの!?」

私が驚きの声をあげると、志貴はきょとんとした表情になった。

「そんなに食いつくとこか？」

「いやいや、気になるでしょ、そりゃあ」

拗ねたように言い返しても、志貴はいまいちピンとこない表情のままだったので、私は余計苛立ってしてしまった。

「美鈴さんがどうしてこんなにお菓子くれるのかとか、家に招いてくれるのかとか、考えたらわかるでしょ」

「はあ？　そんなの仕事仲間としてだろ」

美鈴さんの名前が志貴の口から出るのは面白くないし、胸の中はなんだか消化不良な気持ちでいっぱいだ。

私の問いかけをあっさりとスルーする志貴が、今朝と違ってすっきりとした表情になっていることに気づいた。

きっと、桜ちゃんのお墓参りに行って、少し気持ちの整理がついたのだろう。

……今度、私も桜ちゃんのお墓参りに同行させてもらおう。そして、〝あの日〟のことを、桜ちゃんにも謝ろう。

雨は、いつの間にかやんでいた。庭にはいくつもの大きな水たまりができて、雪柳はたくさんの光の粒に覆われている。

雨上がり独特のにおいがまた立ち込めて、私は思わず鼻をつまんだ。

「このにおい、嫌いだな」

「そうか。俺は結構好きだけどな」

そう言って、志貴は静かに微笑んだ。

昔のことを思い出したり、志貴に嫌われたくないと思ったり、凛々堂の紙袋に過剰反応したり、なんだか最近、まんまと志貴に踊らされている気がしてならない。

まだこの気持ちにちゃんと名前はつけられないけれど、嫌われたくないと志貴に抱きついたあの自分は〝本当〟なのだろう。

あれが私の本心なのだとしたら、私は、志貴に近づきたいと思ってしまっているんだろう。

ひとつ引っかかることがあるとしたら、彼が私に向けてくれる優しさは、私がついた嘘ゆえのものかもしれない、ということだった。

そんな未来が欲しい　～志貴ｓｉｄｅ～

「夏祭りのために、浴衣の着付けを覚えたいという生徒さんがやはり増えまして」

「年代的にはどんな感じですかね？」

「そうですね、最近はお若い方が……二十代後半から三十代の生徒さんが一番多いです」

外に出るのが嫌になる真夏の午後である。この前までとは打って変わって、空はからりと晴れ渡っている。

俺は打ち合わせをするために、美鈴さんの自宅にお邪魔していた。

美鈴さんの実家は、古いけれどとても趣のある大きな家だ。門を通り抜けると、立派な庭が広がっていた。

オシロイバナやゼラニウムやゴーヤの蔓《つる》は、縁側から二階の窓まで伸びている。深みのある緑が多い俺の家とは違い、鮮やかでカラフルな花がたくさん植えられていた。木の根元には灰色の玉砂利が敷かれていて、門から玄関まで続く大理石の道は、ピカピカに磨かれている。

そこを通って、引き戸を開けて中に入ると、ふわっと木のあたたかい香りがした。

玄関も広く、普通の家より段差があったので、腰かけるにはちょうどいい。

美鈴さんが用意してくれた座布団の上に座り、そのまま玄関で仕事の話を始めた。

出してくれた麦茶が、キンキンに冷えていたおかげか、それとも藍胎漆器《らんたいしっき》の受け皿や切子《きりこ》のグラスのおかげなのか、とても涼やかで美味しく感じる。

一緒に出された抹茶味の水羊羹を、俺は早々に食べ終えてしまった。

「おかげさまで、美鈴さんの生徒さんが最近よくうちに足を運んでくれて」

「まあ、それは浅葱屋の常連としても嬉しいわ」

「美鈴さんの紹介で来てくださったお客様にはなにかサービスをしたいので、ぜひそのこともお伝えください」

薄紅色の上品なワンピースを着た美鈴さんが、目を細める。胸まである黒く長い髪を右側だけにかき分けて、美鈴さんが浴衣のカタログをじっと見つめた。

彼女は、どれも綺麗だけど、とくに伝統的な総絞《そうしぼ》りの浴衣が好きだと言う。かなり悩んでいたが、なんとか着付け教室で使うものを三点選んで決めてもらった。

「じゃあ、よろしくお願いします」

「こちらこそ。来週の火曜日にお届けに伺います。いろいろごちそうさまでした」

そう言って立ち上がった俺を、美鈴さんが慌てて呼び止めた。

「今日、定休日ですよね。このあと、なにかご用事などがなければ、ご一緒にお食事でも」

「あ、すみません。今日このあと、温泉に行く予定がありまして」

「え、温泉ですか？」

俺の返答に、美鈴さんは少し首を傾げた。温泉なんて、まったく予想もしていなかった回答だっただろう。俺は大げさに眉を下げて、申し訳なさたっぷりにお断りした。

「また今度こちらから誘わせてください。ちょうど栃木で私用がありまして、そのついでに行くだけなんですけどね」

「ひとりで行かれるのですか？　それはまた気ままでいいですね」

「あ、いいえ、この前紹介した近衛と一緒に行きます。幼なじみの」

そう言うと、美鈴さんは驚いたように目を見開いてから、「そうですか」と呟いた。

確かに周りから見たら、なぜ最近入ったばかりの新人と……と思うだろう。俺は少し余計なことを言いすぎたと思い、長話にならないよう切り上げた。

「お土産買ってきますね。では、新幹線の時間が迫っているのでこのへんで」

「ええ……、お気をつけて」

温泉といえど、ただのお気楽な旅行ではない。今日は、墓参りのために衣都がもともと休みを希望していた日である。なぜなら衣都の母親の命日だからだ。

衣都の母親のお墓は、栃木の実家の近くにある。衣都が準備をしているときに、『俺も一緒に行く』と言ったのだ。衣都はかなり驚いていたが、俺も密かに墓参りには行っていたし、この日は毎年休みをとっている。

……桜が亡くなった三日後に、衣都の母親も息を引き取った。

だから七月は、俺にとって思い返すことが多すぎて、あまりいい月ではない。

珍しくぼうっとしていることの多い俺を、衣都は放っておいてくれる。

幼い頃から、衣都のそういうことに関する察しのよさは恐ろしいほどだ。

駅に着いた俺たちは、とりあえず旅館に荷物を置くことにした。

日帰りで行く予定だったらしい衣都は、俺が『ついでに温泉に行くぞ』と言ったときは、子供みたいにはしゃいで喜んでいた。

「空気が澄んでるな」

「晴れててよかったね」

今日は、俺も衣都も洋服だ。衣都はクリーム色のラフなパーカーに、ソフトデニムのストレートパンツを穿いている。いつかの女子アナかぶれみたいなブランド品だらけの気取った格好より、よっぽど似合っていると思った。

ここのところ忙しくて休みがとれなかったこともあり、新幹線の中で衣都は終始上機嫌だった。たまにはこんな気分転換ができてよかったと思いながら、俺たちはタクシーを拾って旅館へ向かった。

「予約していた浅葱と申します」

「お待ちしておりました。こちらにサインをお願いいたします」

フロントマンの指示に従ってチェックインの手続きをしていると、衣都が俺の服の裾を掴んだ。振り返ると、青ざめた顔つきで、恐る恐る疑問をぶつけてきた。

「待って、志貴と部屋一緒なの……？」

「当たり前だろ。贅沢言うな」

そう冷たく答えると、衣都はわなわなと身体を震わせた。

失礼な奴だな。別に取って食おうなんて思ってない。俺にだって理性はあるし、さすがに、気持ちを確かめもせずに、ことに及ぶ気なんかない。

「行くぞ衣都。二十四時間俺と一緒で嬉しいだろ」

「寝るときは布団離してね」

「お前、俺が傷つかない人間だとでも思ってる？」

衣都の母親は、住宅街から離れた静かな場所に眠っている。

本堂のご本尊をふたりでお参りしてから手桶《ておけ》と柄杓《ひしゃく》を借り、手桶に水を入れて衣都の母親――薫《かおる》さんが眠っている場所まで来た。

「お母さん、久しぶり」

衣都はそう言ってから、丁寧にお墓の掃除をした。

薫さんは、大好きだった祖母と同じお墓に入りたいと生前から言っていたらしく、京都の近衛家のお墓ではなく、実家のお墓に眠っている。

衣都が、点火した線香を香炉に立てる。香りが辺りを漂い、鼻孔をくすぐった。

それから墓石にたっぷりと水をかけ、正面に向かい静かに合掌《がっしょう》した。

冥福《めいふく》を祈りながら、今、衣都は心の内でどんなことを報告しているのか……。

数珠《じゅず》をかけた手を胸の前で合わせ、目を閉じている彼女の横で、俺は過去のことを思い出していた。

……薫さんは、とても穏やかな人だった。よその家の子供も、自分の子と同じくらい大事に思っている、そんな優しい人だった。

隆史さんが結婚したときは驚いた。頑固で不器用なあの隆史さんが、まさかこんなに綺麗な奥さんをもらえるとは、と。

俺は七歳ながらに、薫さんをとても美しいと思っていた。

薫さんはシングルマザーで、俺よりひとつ年上の子供……藍さんを連れていた。よく笑う子だったらしいが、新しい家族や土地に慣れていないせいか、あまり笑顔を見なかったような気がする。

ほどなくして衣都が生まれた。薫さんが退院したという知らせを聞いたとき、俺は学校から帰って、近衛家にすっ飛んでいったことを覚えている。

柔らかくて、あたたかくて、小さな手に、人差し指をぎゅっと包み込まれたとき、なんとも表現しがたい気持ちになった。

こんなに大切に扱わなきゃいけないものが、この世にあるんだ。……俺は愛しさを超えて、なんだか恐怖に近い感情すら抱いていた。

どんなふうにさわっても、傷つけてしまうかもしれないという考えがつきまとう。

『抱っこしてみなよ』と薫さんに言われたときは、どうしようかと思った。

さわりたいけど、泣いたらどうしよう。落としちゃったらどうしよう。

悩んでいたら、衣都が、俺のほうに手を伸ばしてきた。赤くてちっちゃな可愛い手を。

俺はとっさに衣都に腕を伸ばしてしまった。薫さんはゆっくりと衣都を俺に預けた。

……あたたかかった。とても。命の重みを両手いっぱいに感じとった。

怖い。でも愛しい。でも、怖い。

こんなに愛おしいものがこの世に生まれてしまったら、もうなにが起きても、この子を守るために生き抜くしかないじゃないか。

『薫さん、なんで衣都って名前にしたん？』

『人はひとりじゃ生きていけないでしょう？　必ず誰かと繋がって生きている。そんなふうに、この子を守ってくれる人、愛してくれる人との縁が、糸が、永久に紡《つむ》がれていきますように。そう願って、つけたのよ』

『縁……』

『志貴くんも、今繋がったわね。この子との糸。今、とっても大事そうに衣都を抱えてくれている。この子を、大事に扱ってくれている。衣都もそれをわかっているから、今こんなに笑っているのよ』

薫さん、俺は衣都の名前の由来を聞いたとき、なんて素敵な名前なんだと思ったよ。

俺も、この子との糸を大切にしたいと、そう思った。

両手にその命を感じたとき、なぜだか知らないけれど、この子を守らなきゃいけない、という使命感でいっぱいになったんだ。

それが、薫さんの言う〝糸が繋がる〟瞬間だったのならば、俺はもうあのときから、衣都を守る覚悟をしていたのかもしれない。

薫さん、生き残った俺が、薫さんに恩返しをする方法は、彼女を……衣都を守ることしかないんです。あなたがくれた命を、俺は、全部衣都のために注いだっていいんだ。たとえいつか衣都に糸を切られたとしても、いいんだ。

「志貴、お線香あげて」

「……ああ」

衣都の声に、ふと我に返った。

衣都が、線香を俺に渡す。俺はそれを受け取って、すっとお墓の前にしゃがんだ。

線香をそっと香炉に立てると、オレンジ色の火が少し下に広がり、灰色の部分が増えて、辺りにはまた、線香の香りが漂い始めた。細い煙が目にしみて、俺は胸の前で手を合わせ、目を閉じる。

俺は、今年も同じことを薫さんの前で誓った。

衣都の幸せを、誰よりも願います、と。

そのたったひとつの誓いを、薫さんの前で深く深く胸に刻んだ。

「なんか、私より長くない？　なにを報告しているの？」

ゆっくりと目を開けると、衣都が不思議そうに質問してきたので、俺は、少しだけ目を細めて、彼女の頭をぽんと撫でた。

「衣都がいまだに寝相が悪くて、このあいだはとうとう棚を蹴って、めっちゃ高い花瓶を倒しましたっていうことを」

「その件はすみませんでした、本当に」

目を逸らす衣都の頭をそのままぐりぐりと撫で回すと、彼女は気まずそうに笑ってみせた。

旅館の部屋に戻ると、衣都はまた子供のようにはしゃいだ。

十畳和室と五畳和室の二間の部屋を予約していた。

色の濃いどっしりとした木のテーブルに、曲げ木の座椅子が二脚ある。部屋に入った瞬間、畳のいい香りがした。障子を開けたところには、景色を見ながらくつろげるスペースがある。

俺が部屋に飾ってある掛け軸を見ている間、衣都はちょろちょろと部屋の中を動き回り、テーブルの上に用意されていた茶菓子を食べ始めた。

「さっきまであんなに同室を嫌がってたくせに、ようはしゃげるな」

「一泊で帰るなんてもったいないな」

「畳の上ゴロゴロするんじゃありません。棚にぶつかって花瓶倒したりすんなよ」

俺は疑いの目で衣都を見ながら、スマホを取ってそっと部屋を出る準備をした。

「ちょっと電話してくる」

俺はそう言い残してから部屋を出て、一階のロビーにあるソファに座る。

そして、【近衛 藍】の番号を押した。

この栃木県に住んでいる、衣都の姉だ。連絡をするのは、二月以来だった。

彼女に電話をすることには、いつまで経っても慣れない。電話の向こうで、俺の名前が表示されるのを見たときの彼女の表情を想像するだけで、息苦しくなった。

『……はい』

「浅葱です。ご無沙汰《ぶさた》しております」

藍さんの声は、甲高い衣都の声とはまったく似ていない。女性にしては少し低く、仕事ができそうな人、といったイメージの声だ。

「今、栃木にいます。衣都さんと一緒に、薫さんのお墓参りに来ました」

藍さんがなにも反応しないので、俺の声はだんだん小さくなった。

「近くまで来たので、一応ご報告をと思い」

『そうですか。わざわざありがとうございます』

機械的な彼女の声に、もうなにを話しても意味がないのでは、という気持ちにさせられる。しばらく黙り込んでしまうと、『もういいですか』という声が俺を急かした。

「衣都は」

電話を切ろうとした彼女を引き止めるように、衣都の名前を出した。

「衣都は、元気ですので……ご心配なく」

『まさか、本当に一緒に暮らし始めるとは思っていませんでした』

藍さんは、声色をさらに低くして話し始める。

『あの子が、普通に東京で就職に成功していたら、あなたはどうしたんですか？　それでも無理やり、京都に呼び戻したんですか？』

彼女の声が、だんだん威圧的になっていくのを感じた。俺は、電話越しにその静かな苛立ちをひしひしと感じとっていた。

「いいえ、その場合は、遠くから見守る予定でした」

『四年間も約束を守り続けたのに、結局はそんなにあっさりと諦めてしまえる覚悟だったんですね』

「……今回のことは、衣都と薫さんが、最後に与えてくれたチャンスだと、そう思っています。この一年で、今後衣都とどうしていくかを決めて……ダメだった場合は、ちゃんと割り切るつもりでいます」

『割り切れるの？　本当に？』

確かめるように聞かれて、俺は押し黙ってしまった。

『本当に割り切れる？　あなたが生きている理由は、償《つぐな》える存在は、衣都そのものなのに、彼女がいなくなったら、あなたは生きていけるの？　……あなたが衣都に対して持っているのは愛情じゃない。あなたは、衣都への償いの気持ちに、依存しているのよ？』

「それは……」

『私は、衣都と関わらないでほしいと言った四年間で、あなたの誠意や覚悟を試したかったとか、そういうんじゃなくて、あなたはあなたで勝手に幸せになってほしかったのに……あなたはまだ、私がなにに対して怒っているのかわかっていないの？』

藍さんがなにに対して怒っているのか。それは、衣都に依存していることを認められていない俺自身なのだろうか。

『切るわ。もういちいち、連絡をよこさなくてもいいから』

彼女の言葉が、容赦なく心の内を抉《えぐ》った。

深く刺さった彼女の言葉で、俺はその場から動けなくなってしまった。依存という二文字が、まるで鎖《くさり》みたいにぎゅっと胸を縛りつけた。

俺は、衣都の幸せを一番に願うと、そう誓って生きてきた。けれど、この気持ちはただの依存なのだろうか。償って自分が楽になりたいだけなのだろうか。

違う、そうじゃない。もしそうだとしたら、衣都と一緒にいることがこんなにも楽しいわけがない。

「志貴」

呼ばれた声に、ハッとした。

とっさに振り返ると、そこには心配そうな様子の衣都がいた。

「どうしたの？　体調悪いの？　志貴、なかなか帰ってこないから、飲み物買うついでに様子見に来たんだけど」

「いや、大丈夫だ」

「とりあえず部屋戻ろう？　夕飯の時間も迫ってるし」

衣都に手を引かれて、俺は部屋に戻った。衣都の手がなんだか力強く感じた。

心配して探しに来てくれた衣都が、今の俺にはどうしようもなく愛しかった。

「志貴、お茶飲む？」

座椅子に座っている俺に、衣都がお茶を淹れてくれた。俺はなにも言わずにそれを飲む。

衣都の優しさが、今は少しつらい。

割り切れるだろうか。ちゃんと、俺が近くにいないところでの彼女の幸せを、願えるだろうか。できれば俺を選んでほしい。衣都を守るのは、俺の役目であってほしい。

そんな思いも、『依存』というひと言で片付けられてしまうのなら、確かに俺の愛は少し歪《ゆが》んでいるのかもしれない。

でも、俺はきっとあのとき、すでに覚悟をしていた。生まれたばかりの衣都をこの腕に初めて抱いたとき、本能が、この子を守れと命令したんだ。

「衣都」

「どうしたの、志貴さっきから」

言葉を塞ぐように、口づけをした。衣都が手に持っていたお茶を、キスをしながらテーブルに置いて、徐々に体勢を倒した。視界が九十度変わって、衣都の髪が畳の上に散らばる。

「ま、待って、どうしたの？」

俺の肩に手を置いて、焦った様子で問いかける衣都。そんな彼女を見て、今まで抑えてきた言葉が堰を切るように溢れだした。

「衣都と……。衣都と一緒にいられる未来が、俺は欲しい」

「志貴……？」

指をからめとって、温度を確かめる。分かれた前髪の間から覗く額に、キスをした。それから、衣都の瞳を見つめて、唇に、もう一度口づけた。

この愛を、誰かが依存と呼ぶのなら、それはそれでいい。

愛情が深ければ深いほど、離れたときの傷跡も深くなるのは充分わかっている。

……でも、それでいい。それでいいんだ。

だって、もし彼女が俺から離れてなにも傷跡が残らなかったら、虚しいじゃないか。

俺は、愛を、傷を、深め合うように、キスを繰り返す。

そして、衣都の未来に俺がいることを、切に願った。

意識と嫉妬

気づいたら視界が九十度変わっていて、真上には切なげな瞳をした志貴がいた。

私は、今までそれなりに男性とおつき合いをしてきたし、キスをすることももちろん初めてじゃなかったはずなのに。

今までしてきたどんなキスよりも優しくて、溶けていくような感覚に陥った。ドキドキする、という感覚を、もしかしたら私は今の今まで知らなかったのかもしれない。今のこの状況は、今までに経験したことのあるドキドキの比じゃないと、確実に言える。

……志貴の、余裕のない表情が妙に色っぽくて、私はもうどうしたらいいのかわからなくなってしまった。

絡められた指や、時折漏れる息や、私を求める瞳が胸を焦がす。

キスの上手い下手なんて、ただ唇が触れているだけなのにわかるはずないって今まで思っていたけど、その考えは覆《くつがえ》された。相手のことしか考えられなくさせるようなキス。そういうキスを、私は生まれて初めて体験した。

もう、志貴を男の人として意識せずにはいられなかった。

志貴へのこんな感情には、ずっと昔に蓋《ふた》をしたはずなのに、その蓋が開かれてしまった。

志貴を見ると、昔と同じようにドキドキするのだ。

二週間前のことを思い出すと、今でも顔から火が出そうになる。

今回という今回は、さすがに今まで通りでいる、というわけにはいかなかった。

……どうやらそれは、私だけらしいが。

「衣都、後れ毛が」

「わあっ」

志貴に少し触れられただけで、私は大げさなリアクションをしてしまった。

「ご、ごめん、お、後れ毛、直してくる」

私はいまだに志貴に近寄られるとびくびくしてしまっている。

十時から二十時までの営業時間をこんなに長いと感じたことはない。そもそも朝十時の時点で、志貴のことを意識しすぎて気疲れしていたのだ。一日中不自然にならないように気遣ったことが逆に不自然になってしまい、必死に仕事に集中して雑念を振り払おうとしていたら、脳が疲労しきってしまった。

「つ、疲れる……」

もうだいぶ仕事も覚えたし、着付けも上達したし、専門用語だってかなりわかるようになったのに、ここにきて志貴が原因でつまずくなんて。

まだまだひよっこだけど、最近はお客さんとも話せる機会が増えて楽しいと思える余裕が出てきて順調だった。

なのにダメだ。こんなんじゃ仕事に支障が出る。というか、もうすでに出ている。

平常心、平常心、と胸の中で何度も唱えるけれど、いざ志貴を目の前にすると、あの日のことが一瞬でフラッシュバックしてしまう。

「あれはただの挨拶、あれはただの気まぐれ……」

「おい、なに独り言言ってんだ」

休憩室の前でしゃがみ込み、ぶつぶつと自分に暗示をかけていると、ひょいっと志貴が現れて、私の頭を軽く叩いた。それから私と目線を合わせるように志貴もしゃがみ、ぐいっとおでこを押し上げると、無理やり私の顔を上向かせた。

「いいか、あんまり俺を意識するな」

「だって、志貴があんなことするから！」

「キスしかしてないだろ」

キスしかという言葉に少しカチンときた私は、すぐさま言い返す。

「キスだけじゃない、胸もさわろうとした！」

「その瞬間、お前は常人ではない速さで俺の手を捻ったから、未遂だったろうが」

「そういう問題じゃないの！」

私はあのときのことを思い出し、嘆いて顔を覆った。それなのに志貴はいつもと変わらない態度どころか、呆れきった表情をしている。

志貴を見てドキドキしてしまう自分が抑えきれなくて、そんな自分を素直に認められなくて、自分の気持ちの整理ができない。

なにか仕事をして気をまぎらわそうと、さっきお得意様に出したお茶の湯のみを洗おうと立ち上がる。しかし、湯のみが少し濡れていたせいで、手に持った瞬間、つるっと滑って取り落としてしまった。

ガシャン！という音が響き、直後に一気に血の気が引く。

この湯のみは確か、浅葱屋の常連さんである有名な陶芸家が、浅葱屋をイメージして作ってくれたもののひとつだと聞いていた。

「し、志貴さん……。す、すみません……」

私は、恐る恐る謝罪を口にする。彼の顔を見ることが恐ろしすぎて、ついつい敬語になってしまう。

「どこも怪我してないか」

けれど、彼はそんな私の指を取って確かめると、ほっと息をついた。それから、なにか考えるように唸ってから、ある提案をしてきた。

「衣都、わかったよ。このままだと怪我までしかねない」

「え、どうしたの急に」

「俺がさわると衣都は集中できないみたいだし、しばらく衣都に触れないことにする」

志貴はそう言って、降参のポーズのように両手を顔の横に上げた。

「正直俺も、このあいだのことは反省している。その反省の意味も込めて、しばらく衣都にさわらない。それでいいか？」

突然の提案に戸惑い、言葉を失っていると、志貴は謝罪なのかわからない言葉を口にする。

「このあいだのことは、謝らないけど、反省している」

「結果反省してないじゃん」

「違う。反省はしている。でも謝らない」

きっぱりとそう言いきる志貴に、私はなにも言い返せなかった。

「それでいいだろう？　衣都がいいって言うまで、俺は衣都に触れない」

そう言って、志貴は立ち上がり、店に戻った。

残された私は、なんともいえない心境に陥っていた。

別に、さわらないでなんて、ひと言も言ってないし、キスが嫌だったわけでもないのに。さっきの言い分じゃ、まるで私が志貴を嫌がっているみたいじゃないか。

それに、『もうさわってもいいよ』なんて、私から言えるわけないのに、なんでそんな意地悪なことを言うんだろう。

「私のことが、好きなんじゃないのか……」

正直、志貴の気持ちがまったくわからないよ。私と結婚したいと言うくせに、近づいたかと思いきや、こんなふうに突き放すような言い方をする。

志貴がちゃんと自分の気持ちを言葉にしてくれないから、あのキスをどう受け止めていいのかわからない。

結局志貴にとって、私はなんなんだろう。ただの幼なじみなんだろうか。

そもそもなぜ志貴は、私と結婚したいんだろう？　お父さんの言うように、本当に政略結婚なの？　お店の利益のために、私と結婚したいの？

そうだとしたら、私は志貴と結婚したくない。私だけ気持ちがあって、志貴はそうじゃないなんて、そんなの幸せになれる気がしない。

でも、志貴が私と結婚したい理由が、他に見つからない。だとしたら、今こんなに彼のせいで心が乱されている私は、バカみたいだ。

「って、こんなことで落ち込んでどうする」

こんな無駄なことを考えずに仕事に集中しよう。そう思って、私は両頬をぱしんと両手で叩いた。

じーわじーわという虫の鳴き声が、外から聞こえてくる。真夏の夜のうだるようなべっとりとした暑さが、寝苦しくさせる。お風呂に入り、早々に布団に潜り込んだはいいものの、あまりの暑さにとてもじゃないけど眠れなかった。

この部屋にはエアコンはなく、扇風機しか頼れるものがない。私はTシャツにハーフパンツという格好で、布団もなにもかも蹴飛ばして寝転がっていた。

「あっつい」

虫の鳴き声が、余計に暑さを助長させる。

志貴は、美鈴さんと打ち合わせをするために、今さっき彼女の家へ向かった。ついでに温泉旅行のお土産も渡すと言っていた。

美鈴さんは、ここから歩いて十分くらいのところに住んでいるらしい。場所を聞くと、そこは私が高校時代通っていた予備校の近くで、とても慣れ親しんだ場所だった。

「……いつ帰ってくるのかな」

本当にあのふたりは、なにもないのだろうか。少なくとも美鈴さんは、志貴に好意を寄せていそうだったけど。

どんどん余計なことを考えてしまって眠れない。

私は喉の渇きを感じて、お茶を飲むために台所へ向かった。

縁側に出ると、五郎も暑いのか、ぐったりとしている。けれど私を見た瞬間、のろのろとこちらに近づいてきた。

「五郎、暑いねえ。今、新しいお水持ってきてあげるからね」

ハッハッと呼吸を荒くしている五郎。顔を両手で包み込んでから、額から背中までゆっくりと撫でる。五郎は気持ちよさそうにしていた。あまり吠えないおとなしい犬で、飼い主を見ると必ずそばに来てくれる。

「五郎は、可愛いねぇ」

背中を優しく撫でながら呟いた。

「五郎は、私のこと、好き？」

そう問いかけても、当たり前だけど五郎は息を荒くしているだけだった。

……志貴にも、それくらいスパッと聞けたらいいのに。『私のことを好き？』って。

じゃあ、逆だったらどうだろう。志貴に、『俺のことを好き？』と聞かれたら、私はなんて答えるのかな。

「……五郎は、志貴を好き？」

くぅーんと細い声で五郎が鳴いた。いつもより少し元気がない私を、心配してくれているのだろうか。五郎が、私の手にすり寄ってくる。私は、五郎を抱きしめて、ふかふかの毛に顔を埋めた。

「私、志貴を好きになることが、ちょっと怖いんだ……」

本音がぽろっとこぼれ落ちた。五郎が、また細い声でくぅーんと鳴いた。

怖いよ。だって志貴は、まだ私のことを一度も好きだと言ってくれたことはない。それなのに彼を好きになってしまったら、不安になって振り回されることが目に見えている。

志貴が今まで女の子とつき合うのを見てきて、私は幼いながらに、志貴はとらえどころのない男だと感じていた。つき合っても自分のものにならないような、そんな気がする。自分の深いところまでは見せずに、一定の距離を保ってつき合う。志貴はそういう男だった。

本当の自分を、彼は私に見せてくれるだろうか。生まれたときから一緒にいても、私は、まだ志貴の深い部分を見ていない。このあいだ、少し垣間見たような気がしたけれど、あれはまだほんの一部のような気がする。志貴は、弱っている姿を人に見せないから。

「水、替えてくるね」

私は五郎のお皿を取って、台所へ向かう。

しかし志貴の部屋の前を通ったとき、そこに紙袋が置かれていることに気づいた。

まさかと思って手に取ると、それは志貴が美鈴さんに渡す予定のお土産だった。

「ええっ、これ大事なものじゃん。日持ちもしないし……」

消費期限が短いから、必ず今日渡さなきゃ、と言っていたのに。

どうしよう。持っていったほうがいいのだろうか。

しばし葛藤したけれど、もしこれで仕事が上手くいかなかったらと思うと、いてもたってもいられなくなり、私はとっさに家を出た。

得意様とのおつき合いがとても大事な職業であることは、普段の志貴の振る舞いを見ても充分にわかっていたから。


通っていた予備校の近くだから、もしかしたら見かけたことがある家かもしれない。

私は、洋服に着替えてから昔の記憶をたどり、美鈴さんの家を目指した。

一応、志貴にメッセージを送ってみたが、やはり打ち合わせ中なので既読マークはつかなかった。

志貴の話によると、美鈴さんの家はこのへんにあるはずだ。とても大きい家だと聞いていた。時間はもう九時で辺りは暗く、家を判別するのは少し困難だ。

でも、数メートル先に志貴の車を発見し、よくよく目をこらしてみると、かなり大きな家の前に停まっている。本当にわかりやすい豪邸だ。

私は小走りでその家に近づいた。

「ここ、美鈴さんの家だったんだ」

彼女の家は、近所では少し有名な豪邸だった。

恐る恐る、開いていた門からそっと中を覗くと、ふたりは玄関先にいた。耳を澄ますと、わずかに会話が聞こえてくる。

「い、行きづらい……」

真剣に仕事の話をしているので、割って入れるような空気じゃない。

美鈴さんは、遠くから見ても相変わらず美しく、気品と余裕があって、大人の女性の魅力で溢れている。背伸びしている私とは大違いだ。

ついこの前までは、志貴に『美鈴さんと結婚すれば？』なんて、冗談めかして言っていた。今思い返すと、あれも自分の中の嫉妬心をごまかしていたにすぎなかったのかもしれない。

「……では、遅くまで失礼しました」

「いえ、こちらこそ。こんな遅い時間にしかあけられずすみません……」

「とんでもないです。家も近いですし、仕事終わりでむしろちょうどいいですよ」

そうこうしている間に、話は終わったらしい。お互いを気遣うような、ふたりの声が耳に入った。

志貴が門を出てきたときに、これを渡せばいい。そうしよう。

私は、門にぴったりと背中をくっつけて、志貴が出てくるのを待った。

「……志貴さん、そういえば、温泉はどうでしたか？」

「ああ、すごくいいところでしたよ……って、ああ！　美鈴さんに持ってくるはずのお土産、忘れてきてしまいました」

「あら、結構おっちょこちょいなんですね」

慌てている志貴を見て、くすくすと美鈴さんが小さく笑った。

「明日また届けに来ます。本当にすみません。美鈴さんもお忙しいのに」

「いえ。むしろ、忘れてくれて少しラッキーと、今、思っています。明日も、志貴さんに会えるのかと思うと」

笑うことをやめた美鈴さんは、意味深に呟いた。

美鈴さんの突然のアプローチに、胸の中がざわつく。さすがに鈍感な志貴もやっと気づいたのか、言葉を詰まらせている。

私は、もう一度恐る恐るふたりを盗み見た。美鈴さんは、今にも泣きそうな顔で、志貴の浴衣の裾を掴んでいる。

さっき水を飲んできたばかりなのに、妙に喉が渇く。とてもとても、嫌な予感がした。

「志貴さん……、もう気づいていらっしゃるかもしれませんが、私、そろそろこの気持ちを抑えきれそうにありません」

憂いを帯びた表情で、美鈴さんが志貴との距離を詰める。

「えっと、待ってください。それはそういう……あれですか？」

志貴は、焦った様子で彼女との距離を保とうとしていた。

「ふふ、あれですかって、なんですか」

「いやいやいや、自分で言うのもあれじゃないですか」

「志貴さんの、そういう面白いところも好きです」

くらっとしてしまいそうなほど艶っぽい声で、美鈴さんはさらりと、〝好き〟という気持ちを志貴に伝えた。

「……あ、ありがとうございます」

志貴の反応があまりにもあっさりとしすぎていて、ちゃんと伝わっていないと感じたのか、美鈴さんの声はさらに熱っぽくなる。

「私、今までたくさんの男性に出会ってきましたが、自分から近づきたいと思ったの、初めてなんです。本当なんです。志貴さんは初めて会ったときから、なぜか安心感がありました。面白くて、気取ってなくて、優しくて、結婚するならこういう男性がいいと思いました」

話しているうちに、どんどん美鈴さんの声は震えていく。ついに彼女の瞳から涙がぽろっとこぼれ落ち、志貴はその涙を見て、かなり焦っていた。

「すみません。気持ちが昂《たかぶ》っちゃって。こんなの初めてなんです」

「いや、えっと……」

女のジェラシーは醜《みにく》い。束縛の強い友人の話を聞いて、そんなことで嫉妬する？と笑い話にしていた私だけど、ちゃんと自分にも立派な〝嫉妬〟という感情が備わっていることに初めて気づいた。

美鈴さんが、志貴の腰に手を回して、ぎゅっと抱きついている姿を見た瞬間、胸の中で熱いなにかが燃え上がるのを感じた。そして、彼女の顔が志貴の顔に近づく直前で、私は目をそむけた。

私は、彼女でも奥さんでもない。今の状態では、志貴の、ただの幼なじみにすぎないのに、今、『私の志貴にさわらないで』って思ってしまった。

志貴の気持ちを確かめる勇気も、自分の気持ちと向き合う勇気も持ち合わせていないくせに、一丁前に嫉妬だけはしている。

やっぱり私はどこかで、志貴は私のことが好きだという自信があったんじゃないだろうか。一度も好きと言われたことはないくせに。

ちゃんと自分の気持ちを伝えて、行動に移している美鈴さんのほうが、私よりずっと誠実だ。

私は、志貴の優しさにずっと甘えて、怖いことからは逃げている。それなのに今、志貴をとらないでって、心の中で叫んでいる。

「こんな自分、やだ……」

私は、門のそばにお土産を置いて、走ってその場を去った。

思えば、春に志貴の家に来てから、気が休まる日がなかった。

新しい生活に慣れるのに必死になったり、着物のことをたくさん勉強したり、東京の友達との距離を感じたり、志貴の優しさを感じたり、本気で叱られたり、ドキドキさせられたり。かと思えば素っ気なくされたり、悲しくなったり、へこんだり、怒ったり、嫉妬したり。

このままじゃ、自分のことを見失ってしまいそうで、怖い。

志貴は、どうして好きと言ってくれないんだろうか。ぐるぐると感情が回って、志貴に言われた『俺を意識するな』という言葉がさらに私の胸を締めつける。

私は、整理のつかない気持ちを抱えたまま帰宅した。そして、手当たり次第に荷物をバッグに詰め込んで、五郎をぎゅっと抱きしめてから家を出た。

くぅーんという寂しげな鳴き声が、夜の京都の町に響きわたった。

第三章

閉じ込めていた想い

志貴の高校受験のときに、赤色の細い糸を撚《よ》り合わせて作ったお守りをあげたことを思い出す。そのとき私はまだ小学一年生で、指先もあまり器用でなかったけれど、静枝さんに教わりながら、一生懸命糸を撚り合わせた。

試験当日までにはギリギリ間に合って、照れくさく思いながらも渡すと、志貴は想像以上に喜んでくれた。

志貴はあのお守りを、もう捨ててしまったかな。

「衣都、志貴くんとこ、はよ戻り」

「ちゃんと出勤はしてるから」

「そんな避けるように夜だけわざわざこっち戻ってきて……」

畳の上でスマホをいじっている私を見て、お父さんは呆れたようにため息をついた。

志貴の家を出てから三日が過ぎていた。私はあの夜から身ひとつで実家に帰り、呉服屋には実家から通う生活を送っている。

お母さんが亡くなって、藍ちゃんも寮のある高校に進学して、私も東京に行き、お父さんひとりになった実家だけれど、思いの外部屋は綺麗だった。普通、男の人のひとり暮らしなら家は散らかってしまうように思えるけど、お父さんの性格上、そんな事態にはなっていなかった。

「志貴くんとなにがあったんや」

今日は仕事がお休みの日なので、午後三時になってもなにもせずにゴロゴロしていると、お父さんは低い声で問いかけてきた。私はスマホの画面から目を離さずに、なるべく感情を押し殺して答えた。

「別になんでもないよ。いきなり婚約の話を持ち出されて、いきなり呉服屋に勤めるっていう強引な流れになったことに、今さら疲れただけ」

「お前はほんまに勝手な怒り方するな。志貴くんも振り回されて大変だろうに」

「私のほうが振り回されてるよ」

「小さい頃から考えると、圧倒的に志貴くんのほうが振り回されとるやろ。そない無駄な拗ね方して暇やったら家事くらい手伝わんかいな」

確かに私が小さい頃から考えると、どう考えても志貴のほうが私のわがままに振り回されている年数は多い。お父さんの言葉に、私はなにも言い返せなくなり、黙った。

「衣都」

威圧的な声に、渋々スマホを置いて、お父さんのあとをついていく。

任されたのは、別棟にあるお父さんの小さなアトリエの整理だった。代々受け継がれてきた技術を守る藍染め職人であるお父さんの昔の作品が、ここに眠っている。木造建築の小さなアトリエには、木と染料の独特のにおいが充満していた。

「すでに片付いてるじゃん」

古いため、少し床は傷んでいるが、書庫はきっちり整頓《せいとん》されているし、お父さんの作品である着物や手拭いなども綺麗に保管してある。

掃除をするところといえば、少し埃がたまっている出窓くらいだ。いったいどこを綺麗にしてほしいというのだろう。

疑問に思っていると、父が輪ゴムでとめてある写真の束を私によこした。

「……なに？　これ」

「部屋を掃除したときに出てきたんやけど、これを整理してアルバムに貼っといてほしいんや」

「うわ、懐かしい！」

三十枚ほどの写真を手に取ると、懐かしさで思わず顔が綻《ほころ》んだ。

「ほんで、できたら書庫に置いといてくれたらええ」

「わかった！」

私は、少し色あせた写真をすぐに木の机の上に並べて、思い出を懐かしんだ。

少ないけど、お母さんの写っている写真もあった。お母さんの記憶があまりない私には、本当に嬉しい。

ふわふわとした栗毛色の長い髪。お父さんより頭ひとつ分背が低くて、笑うと目が細くなる。私が記憶しているままのお母さんだ。こんなふうに、笑っていたんだね。

私がじっくり写真を眺めていると、お父さんが言った。

「ほんなら、わしは仕事に戻るけど、それが終わったら今夜は志貴くんのところに戻るんやで」

私がなにか言い返す前にばたんと扉が閉まり、私はアトリエにひとりぼっちになった。残されたのは思い出の欠片《かけら》たち。私は、一枚一枚手に取って、丁寧にアルバムにしまっていった。

「お母さん美人……」

なぜ私はお父さんに似てしまったのだろう。天然パーマの髪の毛といい、鼻が丸いところといい、大体の顔のパーツはお父さん譲りだ。私は遺伝子を心の底から憎んだ。

「あ、志貴だ」

お母さんが私を抱っこしている写真の下に、志貴が私を抱っこしている写真を見つけた。赤ちゃんの私と、まだ子供の志貴が写っている。それを見て、私はなんだか不思議な気持ちになった。

生まれたときの記憶なんてもちろんない。でもここに、生まれたての私を抱いている志貴がいる。ここに私と志貴の時が刻まれている。

写真をめくるごとに私は大きくなり、表情のパターンも増え、徐々に歩けるようになっていく。藍ちゃんも、この頃は今よりもずっと明るい表情をしている。幼い頃の自分を見るのは、自分の知らない過去を見るみたいで、ちょっとわくわくする。

「志貴可愛い……」

小学生の志貴は、目がくりくりしていて、今より少し丸顔ですごく可愛かった。

その小学生の志貴と、手を繋いでいるちっちゃな私。一緒に写っているときは、私は必ず志貴と手を繋いでいた。

この頃から志貴は、私を守ってくれていたのかな。

私の丸い手をしっかり握ってくれている彼を見て、ぼんやりそんなことを思う。

小学生のときのお花見の写真を最後に、時代は一気に飛んで、私が中学に入学したときの写真になっていた。確かこの頃、藍ちゃんが栃木で就職することが決まったんだ。志貴は大学から帰ったあと、よくご飯を作りに来てくれた。

そういえば、今思うと、志貴と藍ちゃんが話しているのを、私はあまり見たことがない。藍ちゃんは人見知りだけど、それにしても志貴と彼女の間の空気は、完全に冷えきっていたように感じた。その理由はわからないけれど、聞いちゃいけないような雰囲気だった、ということは覚えている。

〝聞いてはいけないこと〟というのが、なんだか私の周りにはたくさんあった気がする。志貴との空白の四年間も、志貴と藍ちゃんの関係も。

ぺら、と次の写真をめくると、高校生になった私がいた。中学の入学式の写真には志貴も写っていたのに、高校生になると、私ひとりの写真になっていた。志貴への反抗期も過ぎて、彼氏もできて、志貴と毎日会うことはなくなって、部活に勉強……充実した毎日を送っていた。

この頃、志貴は店を継ぐために毎日忙しそうにしていて、少し話しかけづらかったんだ。

だんだんと志貴と会う回数は減り、私は自然と志貴離れをしていたのかもしれない。

＊　＊　＊

「衣都はなんで東京弁なん？」

学校の帰り道、高校生になってすぐにできた同い年の彼氏に、そう聞かれた。

「……やっぱり気になる？」

「東京に住んでたん？」

時折京都弁、ほとんど標準語で話していた私は、そのことで突っ込まれることが多かった。お母さんが亡くなってからも藍ちゃんが頑《かたく》なに標準語を話していたので、私もただそれを覚えてしまった、というだけの理由なのだが、関西人なのに標準語を話すことを理解してくれない人は多くて、私の彼氏もそのことについてはあまりよく思っていないようだった。

「お姉ちゃんとお母さんが標準語だったから……」

「へー、衣都、お姉ちゃんなんておったんや」

「うん、今はもう京都を出て、ひとり暮らしを始めているけどね。高校も県外の寮制の看護系に行ってて」

そこまで説明すると、彼は顎に手を当てて少し驚いたように口を開いた。

「はー、よっぽど家から出たかったんやな」

「えっ」

「どう考えてもそうやろ。看護系の学校なんてここらへんにもあるやん」

彼の言葉に、私は頭を鈍器で殴られたような衝撃を受けた。

藍ちゃんは、私たちから、京都から逃げようとした……？　そんなふうに考えたことなんて、今まで一度もなかった。

もし彼の言う通りだとしたら、私は藍ちゃんが好きだけど、藍ちゃんはそうじゃないのかもしれない。

そう思うと、どんどん暗い考えが膨らみ、悲しくなってきた。

「衣都、兄ちゃんもおるんやろ？」

寝耳に水な問いかけに、思わず眉をひそめてしまった。

そんな私の反応を見て、彼も同じように眉をひそめながら質問を補足してきた。

「ほら、なんか、すっげーイケメンの兄ちゃん」

「ああ、あの人はお兄ちゃんじゃないよ。ただの幼なじみ」

「え、そうなん？」

いったいどこでそんなデマが流れているのか。私は、もう何十回目かわからない質問に、少々うんざりしていた。

志貴はそのときにはもう二十四歳で、立派な成人男性だった。呉服屋を継ぐことが正式に決まって、猛勉強をしていると聞いた。たまに店の前を通ったときには志貴の顔を見ることができたけど、とくに話しかけることもしなかった。

逆に、志貴が私を見かけたときは、彼は昔と変わらない態度で話しかけてくれた。

「好きになったりせぇへんかったん？」

「な、なんでそんなこと聞くの」

突然の質問に動揺して、声がひっくり返ってしまったが、彼は平然とした態度で話を続ける。

「幼なじみのお兄さんとか、初恋の相手の定番やん」

「まあ、小さい頃はね」

私がごにょごにょと呟くと、彼は〝やっぱりな〟というようにニッと笑った。

なぜそんなに楽しそうなのか、私はいまいちわからなかった。早くこの話題を終わらせたかったけれど、彼は懲りずに話を続ける。

「好きやったんや。今もちょっとときめくんちゃうん?」

「まさか。だって八つも違うんだよ?」

「そう? 二十代になったら別に普通なんちゃう?」

「なんでちょっと応援してるの」

「いや、ごめん、俺は幼なじみとかいいひんかったから、つい盛り上がってしもた。ははは」

そう言って、彼はいたずらっぽく笑った。動揺している私を見るのが楽しかったのだろうか。

そんなくだらない話をしているうちに、あっという間に私の家へとたどり着いた。

彼は、いつも通り私を家まで送ってくれて、いつもならここでさよならをして解散するのだが、その日は、からかいすぎて私が拗ねていると思ったのか、キスをされた。

薄暗い道で、触れるような優しいキスだった。ほんの数秒だったけど、私は高校生ながらに彼の愛を感じていた。

「ほな、また明日な」

「うん、ありがと」

彼の背中を数秒見つめたあと、家に入ろうとして振り返った瞬間、私はドキッとした。……そこには、志貴がいたからだ。

「うわびっくりした！　なんでいんの」

「今、隆史さんと仕事の話してたんや。人をおばけみたいに言わんとって」

大げさに反応すると、ビシッとデコピンをされた。

志貴と会うのは、約一カ月ぶりだった。志貴は浅葱屋を継ぐと決めてからますますきりっとした顔立ちになり、すっかり〝大人の男性〟の風格があった。

子供の頃とはいえ、よく『志貴兄ちゃんと結婚する』なんて言えたものだ。見た目からして釣り合うわけがないのに。なんて思いながら私は、ひとつ重大なことに気がついた。

さっきのキス、見られてないよね……？

「志貴、いつからいたの？」

「いや、別に、お前らがそこでキスしてたら家から出られへんやんけ、とか思ってねーよ」

「見てるじゃん！」

志貴の言葉に、私は一気に顔を赤くした。志貴にキスしているところを見られてしまったなんて、恥ずかしくて顔から火が出そうだ。

赤面しながら動揺している私を見て、志貴は呆れたように笑う。

「あんな子供のキス見ても、なんとも思わねーから安心しろ。今回は、まともそうな彼氏でなにより」

志貴はフォローをしてくれたはずなのに、『子供のキス』という言葉が、妙に胸に刺さってしまった。なんだかすごく、志貴との間に、分厚い壁を感じた。

ほら、やっぱり志貴は、大人なんだ。やっぱりこの年での八つ差は、大きいんだよ。

「でも寂しいでしょ、あんなに『志貴と結婚する』って言ってた私が、彼氏作っちゃうと」

自分の動揺を隠すように、私はそんなことを言っておどけてみせる。肘で志貴を突っつくと、彼は思い切りうっとうしそうな顔をしたが、静かに笑って「いや、安心したよ」と呟いた。

あまりにあっさりと、自然な流れで言われてしまったので、私は一瞬固まってしまった。

志貴は、ぽんと私の頭を撫でてから門を出て、目も合わせずに背を向ける。

「待ってよ、志貴。安心したって、どういう意味」

「どういうって、そのまんまの意味だよ」

志貴の気持ちがわからなくて、もっと問い詰めようとしたが、私はなにを聞きたいのかわかっていなかった。

こんなにも寂しい気持ちになるのは、どうしてだろう。私は志貴に、どんな反応をされたかったのだろう。

「あんまり遅くまでデートして、家族に心配かけんなよ」

「か、かけてないよ！　今日はたまたま部活が長引いただけ」

私の必死の否定を、志貴は鼻で笑うだけだった。

聞いてよ、ちゃんと、最後まで。ごまかさないでよ、答えを。どうしていつも志貴は、私の心をかき乱すだけかき乱して、すぐにどこかへ行ってしまうの？

私が離れると近づいてくるし、私が近づくと離れていく。志貴との縁は、するすると手のひらから抜け落ちていく糸のようだ。

どうやったって、上手く結べない。何度も何度も試してみても、上手く結べない。

私に彼氏ができて安心したというその言葉を、いったいどう捉えたらいいんだろう。

志貴にとって、私と徐々に距離を置くことは、望ましいことなんだろうか。

＊＊＊

『好きになったりせぇへんかったん？』という、当時の彼氏の問いかけが、今さら頭の中に蘇ってきた。

私は、嘘をつくときはいつも、『だって』とか、『でも』とか、言い訳から入る癖がある。当時の彼氏のことは好きだった。それは真実だ。けれど、あの彼氏の言葉に、私は『だって八つも違うんだよ？』と言った。年の差のせいにして、志貴を好きになったりはしないということにした。それしか、理由にできるところが見つからなかったからだ。

八つ上だから、幼なじみだから、お兄ちゃんみたいなものだから、私は彼にとって、子供だから。

それが、私は志貴を好きじゃないと自分に言い聞かせられる、唯一の理屈だった。

志貴に初めて彼女ができたとき、私は正直ほっとした。よかった。これで気持ちを封印する真っ当な理由ができたって。

なのに彼は、彼女とデートをしていても、いつもすぐに私を見つけた。少し怒っている彼女に『あの子は特別な子やから』と悪びれずに言って、私に手を振ってみせた。

そうやって、自ら運命の糸を結んではくれないくせに、いつでも結べるように、私の足元に置いておくんだ。

私はずっと、志貴のまっすぐな優しさが、実はとても怖かった。

たぶん私が求めれば、彼は私を愛してくれるだろう。私はそれが怖い。だって、先にあなたの指に糸を結びつけたのは私だ。結びつけておいて、自分と結び合わせるのは怖いなんて。あなたが結んでくれるのを待っているなんて、私はずるい人間だ。

だからこうやって、何度も何度もすれ違ってしまうのだろう。何度も何度も、糸は指からすり抜けてしまうのだろう。


「……衣都」

どれだけの時間、ぼうっとしてしまっていたのだろう。

気づくと、写真はちっとも整理がついていなくて、目の前には呆れた表情をしたお父さんがいた。

「お前に任せたんが悪かったみたいやな」

「ごめん、つい思い出に浸っちゃって進まなかった」

「もう二時間も経ってんで」

時計を確認して驚愕した。時刻はすでに五時を過ぎている。いったいどれだけ深く物思いに耽《ふけ》っていたのだろうか。まるでタイムスリップしたかのような体感時間に動揺してしまった。

お父さんは呆れながらも、私が持っていた写真をすっと抜き取った。

「この写真、衣都が高校生になったときのんか」

「あ、うん」

「このとき、志貴くんはおれへんかったんやな」

「だって、私が志貴離れし始めた時期だもん」

私がそう呟くと、お父さんはふっと笑みをこぼした。

「志貴くん、毎日寂しそうにしてたんやで」

「嘘だ。志貴ずっと店の跡継ぎの準備で忙しそうだったよ」

私が低い声でそう言うと、お父さんは「アホやなあ」と、また呆れた声を出した。

「衣都が自分から志貴くん離れしたんやなくて、志貴くんがそう仕向けたんやで」

「どういうこと？」

「衣都が高校生になるとき、志貴くんは、あんまり衣都に話しかけんようにせんと、って言うとった。衣都の楽しい高校生活を、俺が邪魔したらあかんからって」

「そんなこと、言ってたの……？」

仕事が忙しかっただけじゃないの……？

なんだか、胸の奥の奥が、ぎゅっと苦しくなる。

そんな私に、お父さんはそっとひとつの髪飾りを渡した。

「衣都、これ、志貴くんから預かってたもんや」

「あ、髪飾り……？」

薄紫のすずらんの髪飾りを手のひらにのせて、私はぽかんとしてしまった。

「お前が拗ねてて話しかけても聞かへんから渡しそびれてたんやけど、実は昨日も一昨日も持ってきはった。衣都の髪飾りは、俺が毎日選ぶって、約束してたから、って」

……志貴は、本当に容赦なく私の心をかき乱す。

正直、もう疲れていた。とっくに封印したこの気持ちを、こじ開けたくなかった。

それなのに、彼はどうも私の心の中に侵入してくるのが上手いらしい。

私は髪飾りを膝の上に置いて、思わず顔を手で覆った。

志貴のことを、好きになったらダメだ。だって私は、本当は全然〝特別な子〟なんかじゃない。だから、志貴の優しさを勘違いしちゃダメなんだ。

そう自分に言い聞かせて、気持ちを閉じ込めて、押し込めて、心に蓋をしてきた。

私に彼氏ができたとき、どうして安心したなんて言ったの？　志貴じゃない他の男の子と恋をしたほうがいい、ということ？　志貴もそう思っていたの？

ねぇ、じゃあ、どうして私が彼氏とキスしているところを見たあのとき、志貴は私の目を一度も見てくれなかったの。

「志貴のところ、行ってくる……」

「どうしたんや、急に。寂しくなったんか？」

「この髪飾り、気にくわないって、言ってくるだけ」

そう言い残し、髪飾りだけ持って、私は志貴の家に向かった。

待っているだけなんて、もうとっくに限界だった。もうとっくに彼は、私にとって異性として〝特別な人〟だった。

それがいつからだったかは、もう昔のことすぎてよく思い出せない。少なくとも、あの写真で彼と手を繋いでいた私は、すでに今と同じ気持ちだっただろう。

気持ちの答えは先に出ていても、途中式が複雑すぎたのだ。

でも、答えが当たっていればそれでいいのだと、そういうときもあると、どうして今まで、思えなかったのだろう。

溢れだした感情　～志貴ｓｉｄｅ～

　門の近くに、美鈴さんに渡す予定だったお土産が置いてあったこと。家に帰ったら衣都がいなかったこと。そのふたつで、俺はすべてを悟った。

　衣都に、美鈴さんとの関係を誤解されたということは、明白だった。

　明らかに落ち込んでいる俺に、中本さんが訝しげに問いかけてきた。

「最近衣都さんとあんまり話さないし、夜は実家に帰っているようですが、喧嘩でもしはったんですか？」

「〝浮気したと誤解された〟という表現が一番近いです」

「浮気してはれへんかったとしても、誤解されるようなことはしはったんですね」

「いや、あれは不可抗力で」

「誤解は解かへんかったら、事実と同じことになりますよ」

　中本さんの言葉が、ぐさぐさっと胸に刺さった。

　衣都が出勤後に実家に戻るようになってから三日経った。お土産を見たときから嫌な予感はしていたが、衣都は勤務中も仕事以外のことではまったく話さないし、仕事が終わると目も合わせずに実家に帰ってしまう。俺が選んだ髪飾りもつけていない。

衣都が来る前からあの家にひとりで住んでいたが、久々に自分と犬しかいない空間になると、正直少し心細い。

あの日の夜、俺はすぐに隆史さんに連絡をとって、実家に帰っていることを把握したが、部屋に閉じこもりっきりで出てくる様子はないと言われた。

俺は今、とてつもなく焦っている。夫婦喧嘩をして嫁が実家に帰ってしまった夫の気持ちとは、こんな感じなのだろうかと。

「あ、おこしやす、巣鴨さん」

中本さんの声に、俺はハッとした。

「どうも。志貴さん、ちょっとお話、いいですか?」

そこには、申し訳なさそうに佇《たたず》む美鈴さんの姿があった。

中本さんにお願いして、少しだけ時間をもらい、いつか酔っぱらった衣都を迎えに行った神社で話をすることにした。

「先日はお見苦しいところをお見せしてしまい、すみませんでした。本当に」

「いえ、さすがに驚きましたが」

「本当にすみません」

美鈴さんは、とても反省しているというように眉尻を下げる。

このあいだのことは、本当に驚いた。まさか美鈴さんが俺のことをそんなふうに想ってくれているなんて思いもしなかったから。衣都は勘付いていたようなことを言っていたけど、あれは正しかったのだ。

美鈴さんの本音には驚いたが、俺は意外にも冷静な気持ちでいた。同情を誘うような言葉も、タイミングも、すべて謀《はか》ったようだったからだ。

あの日、俺はゆっくり彼女の行動を阻止し、落ち着いて話をしようと思い、すぐに腰に回された手をはずした。けれど、彼女は俺の予想のひとつ上を行く行動力を持っていた。俺の頬にキスをしたのだ。それは本当に一瞬の出来事で、避けるとか以前に、脳が働いていなかった。彼女の行動がなんだったのかを理解したのは、キスをされてから五秒ほど経ってからだった。完全に油断していた。

「私、焦ってしまって……」

美鈴さんが、しばしの沈黙ののち、口火を切る。俺は、まずは黙って彼女の言い分を聞こうと思った。

「温泉旅行、衣都さんと行ったと聞いて。彼女が志貴さんの、ただの幼なじみだということは、わかっていましたのに」

このあいだのように、美鈴さんは憂いを帯びた顔つきになった。

「でも、なんだか彼女が志貴さんに好意を寄せていることを、初めてお会いしたときから感じとってしまって。それで、焦ってしまったんです。大人として恥ずかしいですね、幼なじみにまで嫉妬してしまうなんて。でもそれくらい余裕が持てないほど、私は」

「すみませんが、ふたつ、間違っていることがあります」

今までずっと黙っていた俺が言葉を発したので、美鈴さんは一瞬驚いた表情をした。

美鈴さんの言葉を途中で切って、俺はいつもより少し低い声で話す。

「衣都は、俺のことを好きじゃありません。それは、残念ながら美鈴さんの勘違いです」

「そんなふうには、見えませんでしたけど」

ゆらゆらと瞳を揺らす彼女を、俺は再度きっぱりと否定した。

「俺がいなかったらいなかったで、彼女の人生に差し支えはないんです。彼女にとっての俺は、それくらいの存在なんです」

美鈴さんは、俺の言葉に一瞬ぴくっと眉を動かしたが、俺はかまわず話を続けた。

「もうひとつの間違いは、彼女は、ただの幼なじみじゃありません。特別な人です。他人には理解してもらいたくないくらい。逆なんですよ、あなたが思っていることと、全部。彼女が欲しくてたまらないのは、俺のほうなんです」

美鈴さんは、すべてのプライドをずたずたに傷つけられたというような表情になっていた。

そりゃ、そうだろう。自分の考えと正反対のことが正解だったら、誰だってそういう顔をする。

きっと彼女の目には、衣都が俺を好きでたまらないというふうに見えたのだろう。温泉旅行も、衣都に無理やり誘われて……と考えたのだろうか。

「今後も美鈴さんとは、いい仕事相手でいたいです。もし俺と会うのが気まずいようでしたら、打ち合わせには他の従業員を」

この話はもう終わりにすべきだと思い、そう提案をしたが、美鈴さんは震えた声で俺の話を遮る。

「そういう話を、今は、できません」

美鈴さんは、かなり動揺している様子だ。こんな彼女を初めて見た。

彼女は口を手で覆って、泣くでもなく、怒るでもなく、ただ茫然自失の状態であった。それでも自分を納得させるかのように、彼女は質問を投げてきた。

「いつから好きなんですか」

「いろいろ、ありましたが、ちゃんと自覚したのはここ五、六年くらいの話です」

「五、六年……」

想像よりもずっと長い年数だったのか、彼女はぽつりと無表情で呟いた。

「でも、それよりずっと前から、彼女は特別な人です」

「あの、私、聞いたことが、あるんです」

珍しく話の腰を折る彼女に、俺は少し驚いた。この事実を受け入れまいとするかのような様子を見て、強引に話を切り上げることは今は不可能だとわかった。

「私は京都の南高校に通っていました。だから私、実は、志貴さんのこと、知っていました。十年以上前から。あの浅葱屋の息子である志貴さんは、有名人でしたから」

そんなに昔から俺のことを知っていたなんて、寝耳に水だった。仕事で美鈴さんと初めて会ったとき、彼女は俺のことを知らなかったふりをしていたのだろうか。

「覚えていますか？　商店街で、私と同じ南高校の女の子に話しかけられている志貴さんを見ました。盗み聞きするつもりなんて、なかった。でも、志貴さんが、今にも壊れてしまいそうな顔をしていたから」

もしかして、女子高生ふたり組に、衣都を妹だと勘違いされたときの話だろうか。南高校の生徒と話したのは、あのときが最初で最後だったからだ。

「お話の内容も、全部聞いてしまいました。ごめんなさい、妹さんのことも、知ってしまいました」

俺は、十三年も前の記憶をたどって、必死にそのときのことを思い出していた。いったい美鈴さんは、なにを話そうとしているのだろう。

「非の打ち所がないと有名だったあなたが、あんなふうに怒るなんて、なんだかそのことがすごく気にかかって、私は東京に行っても、たまに志貴さんのことを思い出していました。その頃から、私は志貴さんのことが気になっていました。だから、京都に戻ってから、仕事で再会したときは、本当に嬉しかった。こんなことあるんだって。運命だって、私、舞い上がってしまって。でも、それは全部自惚れでした……」

そこまで言って、美鈴さんは、苦しそうに眉をひそめた。そして、俺の着物の裾を震えた手で掴んだ。

「あのとき一緒にいた女の子は、衣都さんですよね……？」

突然の核心を突く質問に、俺はなにも答えられなかった。

「あの子と、志貴さんを繋いでいるものはいったいなんなんですか？　恋愛感情だけではないですよね？　むしろ恋愛感情より、責任感のようなもののほうが大きいんじゃないですか？　それは本当に愛なのですか？　……私、本当は全部知っているんですよ。衣都さんのお母さんが亡くなったのは」

美鈴さんの口を、思わず軽く手で塞いだ。美鈴さんは、今にも泣きだしそうな顔をしていた。もう、プライドなんて、彼女には残っていなかった。

「美鈴さん、じゃあ、本当の愛ってなんですか？」

ゆっくりと彼女の口から手を放してから口を開く。自分でも驚くくらい低く冷たい声が出てしまい、美鈴さんが一瞬びくっと肩を震わせた。

「人の過去を抉って、感情を勝手に推測してまで相手を手に入れたいと思うことが、本当の愛なんですか？」

押し黙ってしまった彼女の瞳の奥が、一気に暗くなっていく。

きっと、彼女はこれ以上なにも聞いてこないだろう。

「家まで送ります」

そう言ったけれど、彼女が一向に動く気配がないので、俺は少しだけ話を続けた。

「……ある人にも、言われました。俺の愛はただの同情と依存だって。美鈴さんもそれを言いたかったんですよね？　でもそれは、いろいろな事情が重なってしまったからそう見えるだけで、俺の衣都に対する想いは、もっと単純でわかりやすいものです」

「いろいろな、事情ですか……」

「確かに、責任感のようなものが少しも入っていないと言ったら嘘になります。でも、そういうものが湧いてしまうような出来事がなかったとしても、俺は普通に、彼女を愛していたと思います」

そう言うと、彼女はやっと納得がいったというような表情をした。それはほんの一瞬で、もしかしたら納得がいったというより、諦めに近い感情だったのかもしれないけれど。

俺はそれ以上なにも話さずに、車で美鈴さんを家まで送った。車中で彼女の瞳は、暗いままだった。

久々に過去のことを人に話したせいか、俺はずいぶんと昔のことを思い出してしまった。


七年前、衣都がいよいよ高校に入学する日、入学式に行かないと言った俺を、隆史さんは心配してわざわざ訪ねてくれた。

あのとき、俺はまだ慣れていない仕事に悪戦苦闘していて、衣桁に着物を通す作業さえ器用にできていなかった。

そんな仕事の合間を縫って、隆史さんにお茶を出したが、彼は終始不思議そうな表情で、俺の話を聞いていた。

『俺も、そろそろ衣都離れせなあかんと思いまして……』

『衣都離れ？』

『衣都の高校生活を、俺が邪魔したらあかんやないですか。もし衣都が年上の男に騙されてるとか、そんな噂が立ったらどうします？』

そう言うと、隆史さんは驚いたような目で俺を見ていたが、すぐに少し安堵したような表情になった。

『せやけど、よかった。志貴くんが、そないな考えも持っとってくれて』

『え、それは離れてくれてよかったいう意味ですか?』

『そうやなくて、相手を思って離れるっていうんは、相手のことをほんまに大事に思ってへんとでけへんからな。ただの依存とかやったら、そんなことはでけへんさかい』

……衣都と自然な距離を取るべきだ。そう思い始めたきっかけがあるとしたら、それは隆史さんの、あの言葉だったのかもしれない。

確信に繋がったのは、衣都が彼氏とキスをしているところを、偶然見てしまったあの日だ。あのとき、自分の本当の気持ちに気づいたけれど、それと同時に、衣都はこうして俺から自然と離れていくことがベストなのだと思った。

少なくとも藍さんは、それを望んでいる。

衣都がどこかの誰かと普通に恋をして、普通に結婚して、どこかの街で普通の暮らしをして、普通の幸せを築く。俺の知らない衣都の一面が増え、それが当たり前になっていって、いつか衣都は俺のことを年に数回しか思い出さなくなる。それがきっと一番自然で、一番望まれていることなのかもしれない。

だって俺は、衣都にとって一番大切なものを奪ってしまったのだから。

彼女を幸せにする資格なんてもともとないのだ。

「五郎、ただいま」

その日の勤務時間はかなり長く感じた。

俺は早々に部屋着に着替え、今日一日の濃すぎる出来事を振り返った。

まさか美鈴さんが、過去の俺を知っているとは思ってもみなかった。こんなに気疲れした日は久々だ。

自室に敷きっぱなしだった布団にばたっと倒れ込む。布団を敷きっぱなしにするなんて、初めてだった。

なんだか外で五郎がうるさく鳴いている。餌も水ももうやったというのに、どうしたんだろう。夕飯を食べる気にもなれないほど、俺は心身ともに疲れ果てていた。

いつもなら衣都がテレビを見に来て、わけのわからないドラマを見てキャーキャー騒ぐんだ。早く寝ろと言っても聞かなくて、俺がニュースに替えると怒って、リモコンの取り合いになる。疲れているのに、あのやりとりがないと寂しいのはなぜだろう。

部屋はしんと静まり返っていて、虫の声がうるさい。布団は昨日干していないから固いし、相手をしてくれる衣都がいないから、五郎は鳴きやまない。

いっそ五郎が寂しがっていると言えば帰ってきてくれるのか？　なんて、寝ているとバカなことを考えてしまうので、俺はすっくと立ち上がり、日課である日記をつけることにした。

しかし、まったく文が頭に浮かばない。俺は、【今日も衣都がいない】とだけ書いて、日記を閉じ、引き出しに戻そうとした。

しかし、乱暴に入れたせいで、なにかが挟まって引き出しがちゃんと閉まらない。

俺は苛立ちながらその原因であるものを取った。

「あ……」

挟まっていたのは、十五年前に衣都が俺にくれた赤い糸のお守りだった。撚った赤い糸を、台紙に蝶々結びにしただけの簡単なお守りだ。

糸がお守りなんて変かな?と、衣都は少し不安げだったけど、俺は嬉しくて仕方なかった。これが、俺と衣都の絆そのもののように思えたから。

俺が今も大事にこれを持っているなんて知ったら、衣都はバカにするだろうか。

「帰ってこいよ」

ほんの数カ月前までは家にいないことが当たり前だったのに、寂しい。

今ならドラマを好きなだけ見ても怒らないし、チャンネル権はすべて託すし、衣都の食べたいものをなんでも作ってやるのに。

「アホ衣都……」

衣都は子供の頃は俺になついていたが、いつしか俺から声をかけなくなると近寄ってこなくなった。

だからきっと今回も、衣都の意思で帰ってくることはない。俺が無理やり連れ出さない限り、衣都から歩み寄ってくることはない。

……俺は机に突っ伏して、衣都がくれた赤い糸のお守りを、指に絡めた。そして、目を閉じる。

衣都と暮らしてから、どんどん欲が出てしまう。以前は衣都がいないことは当たり前だったし、会うことも許されていなかったのに、今はたった三日帰ってこないだけでこんなにへこんで、こんなにも衣都を求めてしまっている。

きっと、欲にまみれた今の俺じゃ、そうすんなりとは衣都を手離せないだろう。

そっと未来を想像してみる。

俺じゃない誰かと結婚して、幸せになっていく衣都……そんな未来を、正直今の俺では願えない。手放せるのも愛だとわかっているのに、今はまだ苦しい。

衣都を幸せにする資格が欲しい。だけど、そんな資格は俺にはない。

「……それ、まだ持っていてくれたの？」

いつの間にか、五郎の鳴き声がピタッとやんでいた。その代わりに、閉まっていたはずの障子は開いていて、虫の声は大きくなり、背中には温もりが感じられた。背後から伸びた手が、俺が指に絡めていた赤い糸をなぞる。

「志貴、ただいま」

ぎゅっと後ろから抱きしめられた。三日間まともに聞けなかった彼女の声が、耳元で聞こえる。

俺は、突然の出来事にもちろん驚いたが、じわじわと大きな安心感に包み込まれた。

衣都だ。衣都が、今、ここにいる。

自分の意思で、俺のもとへ帰ってきてくれた。俺はすでにそれだけで泣きそうになってしまったのに、衣都は言葉を止めなかった。

「寂しかった。志貴と、ちゃんと話したかった……」

ぎゅうっと、彼女が腕に力を込めた。

大げさかもしれないが、俺は、彼女を守ると決めたときからの十数年分の想いが、やっと報われたような気持ちになった。

どんなトラップだと思うほど、衣都が素直になっている。実家に帰っていただけなのに、なにが彼女をこうさせたんだ。衣都がこんなにストレートに気持ちを表現してくることはなかったので、いろいろな疑心を抱いてしまう。

俺は衣都の腕を優しくほどいて彼女と向き合った。

「待て、どうした。どういう罠《わな》だ、これは」

「罠じゃない。抱きしめ足りない」

「意味がわからん。美鈴さんのことで怒ってたんじゃないのか？」

衣都らしからぬ発言に動揺し、彼女の真意を確かめるような質問をした。

「怒ってるよ。正直、志貴といるのも疲れちゃった」

俺の問いかけになんの迷いもなく彼女はそう答えるので、行動と言葉が合っておらずさらに混乱した。そしてもう一度、「怒ってるよ」と呟きながら、衣都はまた俺にぎゅっと抱きついてきた。

俺はわけがわからないまま衣都の背中に手を回す。

わけはわからないけど、こんなことはめったにないんだから、この状況を素直に喜ぶ方向に気持ちを変えるべきであろうか。

「本当にどうした？」

ぽんぽんと背中を叩くと、衣都はさらに腕に力を入れた。

「志貴は、いつも私の胸ん中ぐちゃぐちゃにする、昔から」

「ぐちゃぐちゃって……」

「でも、こんなふうに私を乱すのは、志貴だけなんだよ。意識するなって、なんでそんな冷たいこと言うの？　キスしたくせに、どうして突き放すの？　本当は私のこと、どう思ってるの？」

だんだんと早口になりながら、衣都が俺の胸を叩いた。本音がぽろぽろとこぼれだしていくうちに、叩く力は強まっていった。

「結婚を迫ってくるくせに、私のことを好きって言ってくれないし、美鈴さんに抱きつかれてるし、意味わかんないよ」

「待て、衣都」

「それなのに毎日髪飾り選んでくれたり、似合ってるって言ってくれたり、神社まで迎えに来てくれたり、私と一緒にいる未来が欲しいって言ったり」

「衣都、話聞けって」

衣都の腕を掴んで、俺を叩く手を止めた。

腕を掴まれた衣都は、今にも泣きだしそうな顔をしている。不謹慎だけど、その切なく色っぽい表情に一瞬はっとしてしまった。

「私が、どんな思いで志貴を好きな気持ちを閉じ込めてたと思ってるの……？」

「え……」

「意識するなって、無茶言わないでよ。私がいったい何年前から志貴のこと意識してたと思ってるの？」

「衣都……？」

「私は、志貴が美鈴さんと会うずっとずっと前から、志貴が好きだったのに」

子供のように言い張る衣都を見て、俺は言葉を失った。

「この気持ちに、何回蓋をしたと思ってるの……」

……俺は、衣都を初めて両手に抱いたときの気持ちを、もう一度実感していた。

こんなに愛しいものが、あっていいのか。俺なんかの、ために。

俺をとられたくないと必死に訴える彼女に、俺の胸はこれでもかというくらいぎゅっと締めつけられた。

衣都が、俺を求めてくれている。その事実が、こんなにも嬉しくて苦しい。

愛しさのあまり、手が震えるなんてこと、あるんだ。

俺は彼女の腕を握っていた手をそっと離して、頬を優しく撫でた。

どうしたらいい。この抑えても抑えても溢れでてくる愛しさを、いったいどうしたらいい。俺は、もう方法がわからないよ。これ以上ないくらい衣都を愛しているのに、伝え方がわからないんだ。

「衣都……」

目を見つめて、顎に指をかけると、彼女は俺がなにをしようとしているかを悟ったのか、俺の口を手で押さえた。

「あにふんだおまへ」

なにすんだお前、と睨むと、衣都はこう漏らした。

「す、好きって言ってくれてない、まだ」

彼女の言葉に意表を突かれた俺は、思わず少しフリーズしてしまった。

好き以上の気持ちを、今まで散々行動で伝えていたような気になっていたけれど、改めてそう要求されると少し気恥ずかしい。

黙っている俺を見て、だんだん表情に不安げな色が増していく彼女に、俺はひとつ提案した。

「じゃあ、衣都からキスしたら言ってやる」

「なにその駆け引き」

「これを逃したらもう言わない」

冗談交じりでそう断言した直後に、ちゅ、と小さな音が部屋に響いた。

衣都は俺の肩に両手をかけてキスをしたあと、なぜか俺の膝から下りて恥ずかしそうに正座する。

なんだかその様子がおかしくて、さっきまで苦しかった呼吸が一気に楽になって、吹き出してしまった。

「笑わないでっ」

笑っている俺の頭を、衣都がぽかっと叩いた。

俺は、その衣都の腕を引っ張って、強引に抱き寄せた。それから、耳元で囁いた。

「好きだよ衣都。お前が想像する以上に、ずっと」

できれば、もうずっと、離したくない。彼女が、俺のことを求めてくれる限り。

そう願いながら、衣都をぎゅっと強く抱きしめた。

彼女を本当の意味で手に入れるのは、自分の過去と向き合ってからだと、俺はその日、心に誓って決めたんだ。

結ばれた赤い糸

幼い頃はちゃんと意味を理解せずに志貴を好きだと言っていたけど、たぶん、私が初めて志貴を〝男の人〟として意識したのは、中学生のときだ。

当時は、素行の悪い彼氏とつき合っていたこともあったし、夜中に家を抜け出して怒られたこともあった。志貴はそのとき大学生で、忙しかったはずなのに、一度もそんな私を見放したりしなかった。

志貴が本格的に家の手伝いを始めたのもその頃で、志貴の着物姿を見ることが多くなった。

彼の着物姿を最初に見たときの衝撃は、今でも覚えている。肩幅は広いのに、腰にかけてすっと締まったラインや、少し開いた胸元、袖から覗く骨ばった長い腕がかっこよかった。改めて、志貴はスタイルがいいのだと、惚れ惚れしてしまった。

彼が着替えているところを偶然見てしまったときは、かなりドキッとした。

お父さんに頼まれて、省三さんへの届け物を持っていったのだが、閉店後で店に誰もいなかった。縁側に回ると、着替え途中の志貴が見えた。襖がすべて開けっぱなしだったのだ。私は、いけないと思いつつも、目を逸らすことができなかった。

姿勢よく立った伏し目がちの彼が、紐を右手に渡し、左へすべらせながら腰に巻きつけ、するすると前から後ろに回して交差させ、前でぎゅっと力強く結ぶ。

立ち鏡の前で、腰紐の位置がきちんと腰骨の高さに来ているか、真剣に確認しているその姿に、私は〝男〟を感じた。

男の人の色気なんて、それまで感じたことはなかった。そりゃそうだ。クラスメイトの男子中学生に、色気があるはずがない。

私は、なにかとてつもなくいけないものを見てしまった気持ちになって、ドキドキした。

志貴は、男の人なんだ。

志貴みたいな男性が、生まれてからずっとそばにいたら、同級生に魅力を感じないのも無理はない。志貴のことを意識せざるを得ない環境だったんだ。

本当はもうその頃からずっと、志貴は私の理想の人だった。

そしてついに今、ずっと閉じ込めていた想いを、自ら解き放ってしまった。

「なぜだ。なぜ、指輪を受け取らない……」

そんな長年の想い人は今、婚約指輪を持ってわなわなと怒りに震えている。

「衣都、お前は俺が好きで、俺はお前が好きだ。婚姻届にハンコを押せと言っているわけじゃないんだぞ」

「だからちょっと待ってって……」

「もういい、無理やりはめる、指を貸せ」

「待ってってば！」

想いを伝えあったあの日から約二カ月が経ち、季節は移ろい十月になったが、私と志貴は、毎朝毎朝、同じ喧嘩を繰り返していた。

それは、婚約指輪を受け取るか受け取らないかという言い合いだ。

頑なに指輪を受け取らない私に、志貴はとうとう痺れを切らした。朝食を食べることを一旦放棄して、志貴は席を立ち、座っている私の横に来て無理やり腕を掴む。

「だから、なぜなんだ！　理由を言え。指輪のデザインが気に入らないなら買い直し、まだ気持ちが固まっていないのなら待つ。そう言っているだろ」

「ゆ、指輪は可愛いし、志貴のことも好き……」

「じゃあ他になんの理由がある」

追い詰められて、私は視線を床に落とした。

「衣都、こっちを見なさい」

志貴が、俯いている私の頭を掴んで、強引に上に向かせようとする。

私はある決心がまだできなくて、そのことが解決するまでは、指輪を受け取れないと思っていた。志貴のことは好きだし、ずっと理想の人だったわけだから、結婚できるなんて夢のようだけど。

でも私は、〝あの日〟のことをちゃんと謝ってから志貴とそういう仲になりたい。だからその決心がつくまでもう少し待ってほしいのだけど、それを上手く伝えられずにいる。

どうしよう、でも志貴が怒っている。そりゃそうだ。強引に好きだと言わせておいて、婚約指輪は受け取らないなんてひどい話だ。

「衣都、なにか言……え」

「あ……」

ぼろっと、涙がこぼれ落ちてしまった。こんなふうにわかりやすく志貴の目の前で泣いたりするのは、高校生のとき以来のことだった。

自分でもなぜこのタイミングで涙が出たのかよくわからなかったが、たぶん、いろいろといっぱいいっぱいになってしまったのだろう。

志貴は、見る見るうちに顔を青ざめさせた。こんなに動揺している彼を見るのは、初めてだった。

「強く言いすぎたか、ごめんな」

私は正直、そんな彼がおかしくてたまらなかったが、そのまま顔を覆って泣いているふりをした。いや、実際に泣いているんだけど。

そのとき、台所から外に通じている勝手口が開いた。入ってきたのは、小鍋を持った静枝さんだった。

「志貴、衣都ちゃん、筑前煮作ったんやけど、よかったら朝食に」

「し、静枝さん」

涙目の私を見て、静枝さんはすぐさま下駄を脱いで近寄ってきてくれた。私の両肩を支えて、「どうしたん衣都ちゃん」と言って、本当に心配そうな顔で見つめる。

なんだか、大げさに誤解されてしまったような気がしてならない。

私のその予感は、的中していた。静枝さんはキッと志貴を睨んで、低い声を出した。

「なにしたん？」

「いや、指輪を……」

「無理やりはめようとしたんか!? ほんまデリカシーのない男やな！　女の人にとって大事な婚約指輪をそんな乱暴に渡すなんて、男として最低やわ」

「す、すみません……」

志貴は、なにも言い返す言葉はないというように、顔面蒼白のまま謝った。私を泣かせてしまったことに、相当な罪悪感を抱いているのだろう。

そんなナイーブな彼の心を抉るように、静枝さんはさらにたたみかける。

「衣都ちゃんは、今日はうちんところで預からしてもらいます」

「静枝さん……？」

「巣鴨さんとのこともあったばっかりやのに、あんた衣都ちゃんのこと傷つけてばっかりやないの！」

「なにも言い返せん……」

「無理やり婚約指輪を押しつけるような男と一緒に、衣都ちゃんを住まわせるなんてできひんわ」

静枝さんは、涙を拭くための綺麗な絹のハンカチを渡して、私の手を取った。

志貴は、判断を私に託すかのように見つめてきた。目が、行かないでくれと言っている。たぶん静枝さんのことだから、一日と言わず一週間くらいに延期してしまう可能性も高いと思っているからだろう。私もそれは予想しながらも、パッと志貴から目を逸らした。

「きょ、今日だけ、お邪魔してもいいですか……」

「もちろん。むしろずっとおってくれてええのに」

がーん、という効果音が用意されていたならば、今、盛大に志貴の方向から聞こえただろう。私は心の中で彼に謝りながら、静枝さんに頭を下げた。

ごめん志貴。今日一日でちゃんと決心するから。

だから、今日だけ時間をちょうだい。お願い、志貴。

私は彼を置いて、静枝さんの家へ向かった。

お店が休みでよかった。今日一日、しっかり、過去と向き合おう。

そして志貴に、ちゃんと謝ろう。あの日のことを。

＊　＊　＊

五歳のときの記憶なんて、ほとんどないに等しいけれど、あの夏の出来事だけは、今も脳裏に焼き付いている。

「お母さん、今ちょっと大きな怪我をしてな、入院することになったんや」

「お母さん、怪我したの？　泣いてない？　痛い？　衣都もお見舞いに行きたい」

「大丈夫や、今はまだ会われへんけど、もうちょっとしたら一緒にお見舞いに行こうな」

そう言ってお父さんが、優しく私の頭を撫でる。

前の日、お母さんの留守中に一本の電話がかかってきていた。それを受けたお父さんは、私と藍ちゃんを残して、血相を変えて家を出ていった。あんなに慌てているお父さんは初めて見た。それなのに、今は怖いくらい落ち着いた声で私をなだめた。

お父さんは、私と藍ちゃんを家に残して、再び病院に向かった。

きっともう、お母さんは、幼い私たちには見せられないような姿だったのだろう。そのときの私には意味がわからなかったけれど、藍ちゃんはこの世の終わりのような顔をしていた。

「藍ちゃん、お母さん、大丈夫かな？」

私の問いかけには答えてくれず、彼女は鬼のような形相をして唇を震わせていた。

「許さない、絶対……」

「藍ちゃん……？」

藍ちゃんは当時十四歳で、私よりは正確に事態を把握できていたのだろう。でも、まだそれを私に上手く説明できるほどには大人ではなかったし、冷静でもなかった。

なんだかその空間にいることが怖くなって、私は家を飛び出した。

お母さん、大丈夫かな。心配だな。会いたいよ。お父さん、すごく顔色が悪かった。どうしたんだろう。いったいなにがあったんだろう。藍ちゃんは、どうしてあんなに怖い顔をしているの？

ちっちゃい頭で、必死にいろいろなことを考えた。

答えはわからなくても、なんとなく人の表情から空気を読める。幼いながらに、今は非常事態なのだと理解していた。

志貴の家の近くにある神社まで来た。志貴と一緒に、いつもどんぐりを拾って遊んでいた場所だ。

私は、石段にうずくまっている人影を見つけた。……それは、体育座りをして顔を膝に埋めている志貴だった。

「志貴兄ちゃん……？」

名前を呼んだのに、志貴はピクリとも動かなかった。

なにかがおかしい。そう感じた。

私はゆっくり彼に近づいて、頭にさわる。

「志貴兄ちゃん、どうしたの？　お腹痛い？」

志貴の空っぽになった財布が、賽銭箱のそばに落ちていた。

「なにかお願い事をしてたの？」

それでも彼は、ピクリとも動かない。石のように、ただそこにうずくまっている。

私は彼に近づいてみたが、やはり反応せず、俯いたままのつむじが見えるだけだ。

「志貴兄ちゃん、泣いてるの？」

「う……っ」

「衣都が、いい子いい子してあげる」

頭をそっと撫でると、彼はしゃくりあげて号泣しだした。私は、志貴がなぜ泣いているのかわからないまま、ひたすら彼の頭を撫でた。

「俺が、俺が桜のことを心配してぼうっとしとったからや。俺が、俺のせいでっ……」

「志貴兄ちゃん……、大丈夫？」

「俺はもう、衣都に会う資格がない。ごめんやで衣都、ごめん、ごめんっ……」

志貴が、私をぎゅっと抱き寄せた。私の小さな肩に、志貴の大粒の涙が滲む。

私はわけがわからないまま、立ちつくした。

「桜にもう会われへん……」

「桜ちゃんに会えないの……？　衣都、会いたいよお」

「うっ、どうして……」

誰かが、こんなふうに号泣しているのを、私はそのとき生まれて初めて見たんだ。

私の左肩がどんどん濡れていく。志貴の身体が震えている。声が掠れている。

小さいながらに、どうしたらいいのか、いっぱい考えた。考えたけど、答えは全然出ない。

「桜は、天国に行ったんや。身体が弱くて、たったの三カ月しか生きられへんかった」

「え……」

「ほんまは、俺が行く運命やったのに。それやのに、俺やない人がもうひとり、今も生死の危機にさらされとる。俺が死ねばよかったんや。俺が死ぬはずやったんや！」

頭を抱えて叫びながら自分を責める志貴を見て、私は少し怖くなった。でも、逃げださなかった。

「俺が死んだらよかったんや！」

「嫌だ！」

私は、志貴と同じように、いつの間にか号泣していた。そして、震えている志貴の手を握って、擦り切れた声で、訴えた。

「志貴兄ちゃん、死んじゃやだよ。衣都は、志貴兄ちゃんのこと好きだもん……」

たぶん私は、どこか本能でわかっていた。お母さんの命がもう残り少ない状態にあることを。わかっていた。志貴が、今本気で、自分が死ねばいいと思っていることを。

そして、それを止められるのは、自分しかいないということを。

「衣都は、志貴兄ちゃんいなくなったら、悲しいよ」

「そんな……ことを、衣都に言うてもらえる資格は、俺には……」

そう言って、志貴は顔を手で覆った。私はバカみたいにぼろぼろ涙を流して、志貴の手をもっと強く握った。

「志貴兄ちゃん、あのね」

私は嘘をついた。今にも壊れそうな志貴を救うために。

「衣都ね、今日の朝、身体になにかが入った気がしたの。あれはね、きっと桜ちゃんの命だったと思うの。だからね、桜ちゃんの命は、衣都が預かったの」

志貴の悲しい顔を、もう見たくなかった。それだけの思いで、ただ必死で嘘をついていた。

「だからね、桜ちゃんに会いたくなったら、衣都に会いに来て？」

お願いだよ、死ねばよかったなんて言わないで。どんなに悲しいことがあっても、どんなに自分を責めることが起きても。

そんなふうに思いながら、拙《つたな》い言葉で伝え続けた。

「衣都は、桜ちゃんと一緒に大きくなっていくんだから、志貴兄ちゃんは、衣都から離れちゃダメだよ」

「衣都……」

「死んじゃったら、衣都と桜ちゃんに、もう会えないもん……」

志貴が私を強く抱きしめた。さっきとは違う、優しく力強い、抱きしめ方だ。私と志貴は、ふたりしてわんわん泣きながら、抱き合った。

「衣都、ありがとう……。衣都がおってくれて、よかった……」

志貴の震えた声と、大粒の涙と、あたたかい腕が、今でも鮮明に記憶に残っている。

あの日からというもの、志貴は私と出かけるときはいつも手を繋いでくれて、小学校の入学式にも、中学校の入学式にも、来てくれた。

私が志貴を救うためについた、大きな嘘。幼い頃の見え見えの嘘だけど、私は、その嘘で志貴を縛りつけてしまったような気がしている。

私が言ったことを、ずっと、ずっとずっと忠実に守って、そばにいてくれる志貴。それは、私があんな嘘をついてしまったから。

志貴が優しくしてくれるたびに、私は桜ちゃんに申し訳ない気持ちになった。

ごめんね、桜ちゃん。ごめんね、志貴。私はちっとも、特別な子なんかじゃないのに。この志貴の優しさは、本当は桜ちゃんに注がれるべきだったのに。

志貴の悲しい顔を見たくなくて、志貴に生きる理由を持ってほしくて、私は大嘘をついて、彼を縛ったんだ。

＊　＊　＊

「もうすぐ紅葉も絶頂期やなあ」

省三さんが、夕飯の山菜蕎麦《そば》を食べながら、しみじみ呟く。静枝さんも、それに穏やかに頷いた。

私は静枝さんに借りたお召しを着て、同じように、「そうですね」と言った。

戸を開けて、手入れされた中庭の景色を見ながら過ごす夕食の時間は優雅で心地いい。縁側にぶら下げてある季節はずれの風鈴が、ちりんと鳴った。

「衣都ちゃんは、お母さんのお墓参り、ゆっくり行けたんか？」

「はい、志貴も一緒に来てくれました」

「そうか……」

省三さんは、すっと目を細めて、どこか切なげに微笑んだ。

「私たちも行ったんよ。お店のことがあるから、前日になってしもたけど」

そういえば、私と志貴が行ったときにはお花とお供え物があったっけ。あれは省三さんたちだったんだと、今初めて知った。

「そういや志貴に、無理やり指輪をはめられそうになったんやってな」

しばしの沈黙のあと、省三さんは、突然話題を変更した。

省三さんが話を切り出すと、静枝さんがそのときの状況を事細かに伝えた。それを聞いた省三さんは、再度呆れたというようにため息をついた。

「ほんまにあいつは困った奴やで」

「ええ、ほんまに。あなたが一回、がつんと言うてやってくださいよ」

「衣都ちゃん怖がらしてどないするんや。あいつはだからモテへんのや」

志貴の数々のモテっぷりをもしかしたらおふたりは知らないのだろうか。おそらくあの人がモテなかった時期なんて、ないんじゃないだろうか。思わず苦笑していると、省三さんが背中をぽんと優しく叩いた。

「衣都ちゃん、あいつと一緒におるんが嫌になったら、いつでもこっちに来てええからね」

「いえ、そんな！　全然嫌とかじゃないですけど、ただ……」

「なにか引っかかることでもあるんか？」

省三さんが、どうしたん？とあまりに優しい瞳をするから、私は十七年前の記憶をたどりながら、途切れ途切れにふたりに話した。自分で解決しなきゃいけないことなのに、誰かに聞いてほしくなってしまったのだ。

ふたりは、私のたどたどしい話を、黙って聞いてくれた。私が志貴についてしまった嘘、それを謝りたいこと、私はちっとも特別な子なんかじゃないってこと。自分を戒《いまし》めるように、過去を振り返った。

「それが、この十七年間、ずっと引っかかっていて……」

話し終え、ふたりの顔を恐る恐る見上げた。

静枝さんと省三さんは、なんだか泣きそうな顔で私を見ていた。どうしてふたりがそんな表情をしているのか、私にはわからなかった。

この空気感に戸惑っていると、省三さんが、ゆっくりと口火を切った。

「おおきに、衣都ちゃん。衣都ちゃんがそのとき志貴のそばにおってくれて、ほんまによかった」

なぜ今お礼を言われているのか。懺悔《ざんげ》のつもりで話したのに、静枝さんはいよいよ本当に涙を流している。私はひたすら頭に疑問符を並べることしかできなかった。

静枝さんは、そんな私に、すすり泣きながら、ゆっくり語った。語ったというより、自分に言い聞かせているようだった。

「そうやったんやね。志貴と衣都ちゃんの間には、そないに強い絆が……」

「静枝さん……？」

「桜もきっと、衣都ちゃんがおってくれて、安心しているはずや」

静枝さんの声がだんだんと震えてきたので、私は焦った。

「ほんまに、短い命やったけど、もし生きとってくれたらねぇ、衣都ちゃんとも、仲良うなったろうにねぇ……」

「ふたりが着物を着て立っとったら、さぞかし浅葱屋は華やかやったろな」

省三さんが、泣いている静枝さんの背中をさすりながら、噛みしめるように静かに呟く。その言葉があまりに切なくて、私も胸がぎゅっと苦しくなってしまった。

愛しいわが子とたった三カ月しか一緒に過ごせなかった悲しみは、とてもじゃないけど想像しきれない。

「志貴にとって衣都ちゃんは、ほんまに天使みたいな子やったんやろな」

「そ、そんな、私は志貴に嘘を」

「志貴がそれを聞いたらきっと……」

その言葉の続きを言わずに、静枝さんはただ穏やかに微笑んだ。そして、「できればこのことを志貴にも話してやってほしい」と言った。

私のことを、嫌いになるわけないからって。そんなの百パーセントありえないって。

私は、なんだかまだ気持ちの整理がつかなかったが、その言葉に背中を押された。

このことを志貴に伝えなきゃ、もうこれ以上距離は縮まらない。だったら、今なのかもしれない。省三さんたちに背中を押してもらっている今のうちに、伝えたほうがいいのかもしれない。

ふと、ひとりでご飯を食べている志貴の背中が思い浮かぶ。

ついこのあいだも、志貴をひとりにさせてしまったばかりなのに。志貴は今、どんな気持ちでいるのだろう。そう思うと、胸が痛んだ。

「静枝さん、ごめんなさい。私、志貴のところへ……」

「暗なっとるから、気ぃつけてお帰り」

静枝さんは、綺麗な細い指で涙をすくって、私の言いたいことを汲みとってくれた。

省三さんが、「またいつでもおいで」と微笑む。

私は、どうしてこんなに優しくしてもらえるのか理解できないまま、ぺこっと頭を下げて、志貴の家へ向かった。

家の玄関にあがると、ゆっくりと静かに廊下を渡り、志貴の部屋の戸を開ける。

しかしそこに志貴はいなかった。

台所へも行ってみた。一応、私の部屋も見てみた。けれど、どこにも志貴はいない。

志貴の靴と下駄は、玄関にあるのに。

もしかして、と思って、桜ちゃんのご仏壇がある部屋の戸をすっと開ける。そこに、両手を合わせて目を閉じている志貴の姿があった。

そんな彼の様子を見て、私はまた過去を思い出す。

桜ちゃんが生きていたら、志貴はきっとすごくいいお兄ちゃんになっただろう。

一緒に手を繋いで買い物をして、入学式には必ず来てくれて、美味しいご飯を作ってくれて、いつもいつも心配してくれて……。

もしも桜ちゃんが生きていたら、という決して叶えられない夢を想像して、私はそっと戸を閉めて縁側に体育座りをした。

紅葉し始めた黄金色の雪柳が、夜風にそっと揺れている。さわさわと、しなった細い枝を揺らす。雪のように細かくて小さな葉っぱが、蓮池に浮かんでいる。

雪柳を見つめながら、私はこの家に住むことになった初日の、静枝さんとの会話を思い出した。

『雪柳が綺麗ですやろ。あの白いお花。志貴が植えたんよ。別名、小米花ともいうんやけど、春も夏も秋冬も、一年中綺麗なんよ』

『へぇ……。確かにすごく綺麗ですね』

『雪柳はね、三月十一日の誕生花なんよ。衣都ちゃんの、誕生花やね』

『え？　そうなんですか……？』

『志貴が、衣都ちゃんと四年間離れることになったときに、植えたんやわ。きっと会われへん間の、衣都ちゃんの成長を重ねたんやろうね』

その言葉を聞いたとき、桜ちゃんの成長と自分の成長を重ねて見守ってとお願いしたことが、どれだけ志貴に大きな影響を与えていたかを知った。私がいない間も、志貴はずっとその言葉に縛られてしまったんだ。

四年も会っていなければ、志貴もあんな言葉、忘れているだろうって思っていた。

私なんか、いてもいなくても変わらない存在になっているだろうと考えていた。

結婚して、子供も生まれて、私の知らない志貴になっているのだろうと。

でも違った。私があんなことを言ったから、志貴は動けなくなってしまった。

「うわ！　衣都、いつの間に帰ってきてたんや」

ご仏壇のある部屋から出てきた志貴が、縁側で体育座りをしている私を見て驚く。

志貴は驚いたりすると自然と関西弁に戻ることに今気づいた。

私は体育座りのまま、雪柳を見つめている。

「……今朝は、悪かった」

志貴がぽつりと呟いた。本当に、私を泣かせてしまったのは自分のせいだと勘違いしているようだ。そんな志貴の優しさに、ますます胸が痛くなった。

彼が同じように横に座ると、少しだけ、お線香の香りがした。

「……謝るのは、私のほうだよ、志貴」

今度は私がぽつりと呟くと、志貴は「どうした？」と言って、私の顔を覗き込む。

彼の顔をまともに見ることができなくて、顔を隠すように思わず志貴に抱きついた。

彼はとても驚いていたけど、私はかまわずぎゅっと力を込めた。「お前、地味に抱きつき癖あるよな」と、彼が困ったように笑った。

あのことを話さなきゃ、この距離はもう縮まらない。だから、ちゃんと向き合わなきゃならない。

「ねぇ、志貴。私が、五歳のときに言った言葉、覚えてる？」

そう言うと、志貴は笑うのをやめて、なにかを悟ったように、「あの神社でのこと？」と言った。

「私、ずっと志貴に謝らなきゃいけないことがあるって、言ったよね。指輪を受け取れなかったのは、そのことが原因なの」

「……うん」

志貴が、私の背中にぎゅっと腕を回した。

「私、志貴に嘘をついた……」

志貴に生きてそばにいてほしかったという理由だけで、ついてしまった嘘。その嘘で、彼をこんなにも縛ってしまうことになるなんて、あのときの私は想像すらしていなかった。

「嘘？　そんなの俺だってたくさんついてる」

「違うの、志貴の人生を大きく変えちゃった嘘」

「どんな嘘？」

神妙な言い方をする私を抱きしめながら、志貴はわずかに首をかしげた。

「桜ちゃんの命は、私の中に入ったって言ったの覚えてる？　あれね、嘘なの」

「アホか。そんなのとっくにわかってるわ。あんなの、そのまま信じるわけないだろ」

「違うの」

私は少し声を荒らげた。

ちゃんと、言わなきゃ。向き合わなきゃ、過去と。自分がついた、嘘と。

「私を、桜ちゃんと同じように見守ってって、言ったの。あのとき私、志貴に生きてほしくて、本当に無責任で無茶なことを言ったの」

「衣都……？」

ただ必死だった。志貴の悲しい顔を、もう見たくなかった。死ねばよかったなんて言わないでほしかった。どんなに悲しいことがあっても、どんなに自分を責めることが起きても。志貴に、生きて、そばにいてほしかった。

「ごめんね、桜ちゃん、ごめんね、志貴。私はちっとも、特別な子なんかじゃないのに。この志貴の優しさは、本当は桜ちゃんに注がれるべきだったのに」

ずっと胸につかえていた罪悪感が、ぼろぼろと崩れ落ちていく。

「私が嘘をついたせいで、私は、志貴の人生を、縛っちゃった」

「……衣都」

「奪っちゃった、志貴の人生を。私は志貴に優しくされるたび、どこかでずっと罪悪感を抱いていた。本当は、あんな言葉もう忘れてほしいって思っていた。もう私なんかにかまわないでほしいって。志貴の優しさが、ずっと怖かったのっ……」

「衣都、聞いて」

「志貴のことが好きなのに、志貴が怖かった。私は、志貴にそんなに大切にしてもらえるような、特別な子なんかじゃないのに！」

志貴が、抱きついていた私の両肩を掴んで離した。それから私の頬を伝っている涙を親指で拭って、「それは、本気で言っていることなのか？」と言った。

私はほろほろと泣きながら、彼の言葉にこくりと頷く。

「バカだな、衣都は」

「ごめんなさい……」

「許さない。そんなことで、俺と近づくことをためらっていたのなら、許さない」

弱々しく謝る私に、志貴はピシャリと言い放った。そんな彼に、私はすぐに首を横に振った。

「そんなこと、じゃないよ。私はもっと志貴に責められても仕方ないことを」

「俺が、あのときの衣都の嘘にどれだけ救われたか、知らないのか……？」

志貴が私の言葉を遮って、本当に苦しそうな、愛おしそうな表情で、私の頬を両手で挟んだ。

私は、まだ志貴の言葉の意味が理解できていなかった。

「俺はあのとき、俺のために号泣して、俺のためについたことのない嘘をついて、必死に俺に生きてほしいと願ってくれている衣都に、助けられたんだ。衣都がいてくれてよかったって、この子に出会えてよかったって、本当にそう思ったよ」

「でも……」

「俺は、特別衣都に優しくしたつもりはない。優しくしようとして優しくしたことなんか、一度もない。ただ単純に、衣都が大切だったから、手を繋いでいたかったし、入学式にも出たかったし、衣都の成長をずっと見守っていたいと、そう思った。全部自分の意思でしたことだ」

そこまで話すと、最後に志貴はわかってほしいというように、苦しそうに呟いた。

「前に俺が、『お前が想像する以上に』って言ったのは、そういう意味でだよ、衣都」

胸の中でつかえていたものが、志貴の言葉で溶けていく。

ずっと、志貴の優しさが怖かった。ずっと、志貴に罪の意識を抱いていた。でも私がついた嘘は、自分を救ってくれたのだと、彼は言う。

「私、志貴のそばにずっといていいの……？」

自分でも笑ってしまうくらい、震えた声が出る。でも志貴は笑わなかった。代わりに私の手を両手で包み込む。そして、うんと優しい声で囁いた。

「ずっとそばにいてほしい」

よく、ドラマやマンガに出てくる言葉なのに、志貴が言うと、ずっと重みがあった。

私は気持ちを上手く言葉にできなくて、必死にこくこくと頷く。

志貴は、そんな私の腕を優しく引いて立たせ、自分の部屋に移動した。そして、机の引き出しから指輪を取り出した。そのとき、ずいぶん前にあげた赤い糸のお守りが入っているのが見えて、私は今に至るまでの年月を感じて一層胸が苦しくなってしまった。

彼がゆっくりと指輪の箱を開けて、静かに呟く。

「……今度は、拒否するなよ」

「うん」

「もう何十回も拒否されたからな」

私は、笑いながら指をすっと志貴に差し出した。

志貴が、私の左手を支えて、右手で指輪を私の薬指にゆっくりとはめる。

ドキドキした。こんなに幸せが凝縮された一瞬を感じたことはない。緊張して、手が震えてしまう。

指先で輝くそれを、私は顔の高さまで持ってきて、じっくり眺めた。やっと、志貴との赤い糸が、結ばれた気がした。

「衣都」

名前を呼ばれてすぐにキスをされ、私はそれに応えるように、志貴の唇を求めた。

それから、志貴の背中にぎゅっと手を回す。そうしたらもう、愛しさが抑えきれなくなってしまって、言葉が溢れた。

「好きだよ、志貴……」

掠れた声でそう言うと、志貴は一瞬〝男の人〟の表情になった。

志貴は、背中に回っていた私の腕をはずして、私の指を自分の指に絡め、愛おしそうに私の指先にキスをした。

その一連の流れが、まるで映画のワンシーンみたいで、思わず見惚れる。

志貴の、ピアニストのように細く長く、美しい指が好きだ。名前を呼ばれると、胸の中がくすぐったくなるような、甘い声が好きだ。志貴が私をさわるときの、優しい手が、好きだ。

「愛してる、衣都……」

少し開いている障子の隙間から、揺れる雪柳が見えた。

落ちた花が雪のようだといわれている、雪柳。志貴の愛情は、まるで雪柳の花のようだ。雪のようにしんしんと、柔らかく、降り積もる。でもそれは、溶けてなくなったりはせずに、私の胸の中に降り積もっていく。優しく、優しく。

「今は、抱きしめるだけで充分だ……」

志貴のその言葉に頷いて、私たちはお互いの気持ちを確かめるようにぎゅっと抱きしめ合い、溶けだしそうな幸福感の中眠りについた。

愛しい、苦しい　～志貴ｓｉｄｅ～

優しさが怖かったと言って泣く彼女を、俺は心の底から愛おしく思った。

それと同時に、怖かった。まだ赤ちゃんだった衣都を、初めて抱っこしたときみたいに。

大切すぎて、愛しすぎて、苦しい。こんなに愛おしいものがこんなに近くにいてくれる。これ以上ない幸せなのに、もう二度と手離したくないのに、俺はなにを恐れているのだろう。

簡単にほろほろと落ちてしまう雪柳に触れるのと同じくらい、衣都に触れることが怖い。触れたい。でも、怖い。それは俺がまだ、過去のことをすべて衣都に打ち明けることができていないからなんだろう。

衣都、待っててほしい。あともう少しだけ、勇気を蓄える時間が欲しいんだ。


「志貴、おはよう」

朝、目が覚めると、目の前に着物姿のまま眠る衣都がいた。

低血圧な俺はしばらくぼんやりとしていたが、だんだんと昨日のことを思い出し、頭が冴えてきた。

「衣都、今何時？」

「五時」

「起きんとあかん……」

頭がぼうっとする。昨日の出来事が夢のように感じたが、衣都の指に光る指輪を見て、すべて現実だったことを実感した。

いつもなら仕事モードにすぐ切り替えて、すっきり起きられるのに、ずっと抱きしめて眠ったせいで、腕が痺れて力が入らない。

それは彼女も同じなのか、眠そうにゆっくりと何回か瞬きをしていた。

「衣都、起きろよ」

「志貴こそ起きなよ」

「今日、朝飯なにがいい？」

しばしお互いぼうっとしたまま会話をしていたが、衣都は寝ぼけ眼のまま俺の胸板にすり寄ってきた。そしてそのままぎゅっとしがみついて、またすやすやと寝息を立てて始める。

こんなに仕事に行きたくないと思ったのは初めてだった。なぜ今日が定休日じゃないんだ、と俺は心の底から呪いながら、衣都の後頭部を優しく撫でる。

「あかん、ほんまに仕事行きたなくなってきた……」

ダメだ。流されるな、俺。

俺はなんとかぐらぐらの自制心を立て直し、おでこにキスをしてから、衣都を引き剥がす。

幸せすぎて怖いというのは、こういうことを言うんだろうな。幸せすぎて、順調すぎて、このあと大きな不幸が待っているんじゃないかって、逆に怖くなる。

そういえば俺は小さい頃から、幸せなことが続きすぎると不安になるような人間だった。

＊　＊　＊

「志貴くんは、今より先のことを考えているんだね」

ほんのり水色の薄吹きグラスに、氷がたっぷり入ってきんきんに冷えた麦茶が目の前に置かれた。レースの紙が敷かれた大きな白磁の皿には、俺たちが好きなお菓子が綺麗に並べられている。

「こんなに綺麗に並べても、どうせ俺らが食べたら散らかしちゃうのに」

そう呟いたときに、薫さんに言われた言葉だった。

その日は藍さんの友人が数人来ていて、俺もそこに交じって、当時五歳だった衣都と一緒に遊んでいた。正確に言えば、俺が衣都のお守りのような役目をしていた。

「その冷静なところ、省三さんに似ているわ。立派な跡継ぎになれるわね」

「えー、嫌や。俺はもっと、公務員とか、そういう安定した職業に就きたいんや」

「まあ、浅葱屋がなくなったら悲しむ人はたくさんいるわ」

「俺が継ぐ頃には着物離れも深刻化して、お客さんも減ってるんとちゃうか」

そう言うと、俺の足の間でカステラを食べていた衣都が、「しんこくかってなあに？」と聞いてきた。「衣都は十年以上先もまだ使わへん言葉やろうし覚えんでええ」と言うと、「また先のことを考えている」と言って、薫さんが笑った。

「私、初めて京都の着物の展示会に行って、隆史さんの染めた着物が、衣桁にかけられているのを見たとき、鳥肌が立ったわ。今までたくさんの着物を見てきたけど、あんなに感動したのは初めてだったの。着物って、ひとりひとりの職人さんが訴えかけてくれるものがあって、私、本当に心奪われてしまうの」

「隆史さんとは、展示会で出会わはったん？」

「ええ。藍もそのとき一緒にいてね。藍色の藍の字だって言ったら、すごく喜んでくれて」

「ああ、ゆうてたな」

少し前までお菓子を食い散らかしていた藍さんと彼女の友人たちが、庭で楽しそうに遊んでいる声が聞こえた。

「大げさかもしれないけど、着物が私たちを繋いでくれたの。前にも言ったように、衣都っていう名前も、大切な誰かとの縁に恵まれた子になりますようにって、そう願ってつけたの」

衣都が生まれたときに聞いた、その名前の由来。俺は素直に、いい名前だと思っていた。

「志貴くんは、感動したことはない？　あんなに細い糸で織られた布が、下絵や糸目置きを経て、染められて、模様が描かれて、金彩《きんだみ》と京繍《きょうぬい》がされて……美しい着物がやっと完成する」

俺はそれまで、着物を見て感動したことなんて一度もなかったけど、その話を聞いて少し興味が湧いてきた。

「私は、着物はまるで、人の一生みたいだと思ったの。最初はただの細い糸でも、たくさんの人との縁で繋がって、いつか布になって、それぞれ作り手の思うように染められていく……私も、最後はこんなに美しい着物を完成させたいって、思うわ」

そう言って、薫さんはにこっと微笑んだ。

着物に人生を重ねて見たことなんてなかった。俺は、薫さんのその考えに、なんだか衝撃を受けた。単純だけど、一気に着物が特別なもののように思える。

「衣都の七五三が、今からすごく楽しみだわ。そのときはまた浅葱屋さんにお世話になるから、お願いね」

薫さんが亡くなったのはその約二カ月後で、彼女は二度目の衣都の着物姿を見ることはできなかった。

人は、自分がいつ死ぬかわからない。明日も当然のように生きていると思っている。先を考える癖のある俺でもそう思っていたし、周りの誰かが死ぬなんて、想像したこともなかった。

あの日俺は、桜の命が危ないという電話をもらって、相当動揺していた。うだるような暑さの中、全速力で病院を目指して走っていた。入り組んだ道が多いこの近辺では、よく車を確認しろとあれほど、父さんに口酸っぱく言われていたというのに。

買い物帰りの薫さんが、偶然俺を見かけていなければ、確実に俺が死んでいた。

「志貴くん！」

キキーッ！と車の急ブレーキの音がして、薫さんに突き飛ばされて――それ以降の記憶は、あまりはっきりしていない。

……人は精神的ショックが大きすぎる出来事があると、一時的に記憶が欠落すると聞いたことがある。

自分を戒めるために、何度もそのときのことを思い出そうとしたが、そこの記憶だけが真っ白で、今でもなにも思い出せない。

ただ、俺を呼ぶ、喉を引き裂いてしまいそうなほど必死な薫さんの声が、それだけが、今も脳に焼き付いている。

「許さないから……」

薫さんのお葬式が終わって数カ月後に会ったときの藍さんの顔は、憎悪と悲しみでぐちゃぐちゃだった。親同士で話し合い、しばらく俺たちをあまり会わせないようにして、幼い衣都には真相を話さないことも決められた矢先、学校帰りに偶然出くわしてしまったのだ。

俺はただひたすら俯いて、藍さんの憎しみを受け止める覚悟でいた。彼女は、そんな俺の額をぐっと手で押して、無理やり顔を上げさせた。

「……許さないから、絶対に。あんた、『俺が死ねばよかった』『一生かけて償います、ごめんなさい』って、お葬式のあと泣いて言ってたよね？」

お葬式のときと同じ、制服姿の彼女の瞳が、見る見るうちに充血していく。

「お母さんはっ、償ってもらうためにあんたの命を守ったわけじゃない!! なんで毎日暗い顔して、世界一不幸みたいな顔して生きてんのよ!! 私のお母さんに命を助けてもらったんでしょ!? だったら今自分がすべきことはなんなのか考えて、ちゃんと生きなさいよ。じゃないとお母さんが、報われないじゃないっ……」

藍さんの、涙で濡れた真っ赤な瞳に睨まれて、俺は彼女に一生恨まれても仕方ないと感じた。

「よく考えて発言しなさいよ！　俺が死ねばよかったなんて、もう二度と言わないでよ!?　今度言ったら私、絶対……絶対あんたのこと許さないから!!」

藍さんの言葉が、鋭いナイフのように胸に刺さって、やっと自分が最低な発言をしたことに気づいた。

彼女が怒るのは当然だった。俺は、なんて、なんてバカなことを言ってしまったんだ。自己嫌悪でどうにかなってしまいそうだった。

自分がすべきことは、償うとか、罪を背負って生きるとか、そういうものではなかった。その行為がどれだけ薫さんと薫さんの家族を悲しませるか、なんで俺はわからなかったのだろう。

自分がすべきことは、薫さんの分も、桜の分も、しっかりと生き抜くことだと、やっと気づいた。

生きよう。ちゃんと。前を向いて。

俺はその日から、あの事故以来書くのをやめていた日記を再開した。その日あった出来事、感じたことを、事細かに記した。天国にいるふたりに、届けるように。悲しかったことも、嬉しかったことも、三百六十五日欠かさず記した。

それが俺にできる、唯一の、生きていることへの感謝の表現のような気がしたから。

＊　＊　＊

「志貴、今日私の実家でご飯食べよ！」

「え、なんで？」

仕事終わり、衣都が突然そう提案した。彼女が突拍子もないことを言うのは珍しいことではないが、どうして突然隆史さんの家に……。

理由を聞いても、「実家に忘れ物をしたから、そのついでに」としか言わない衣都。

俺は不思議に思いながらも車を出して、衣都の実家に向かった。

衣都の家は古いが、隆史さんのアトリエも入っているので、すごく広い。

俺は、衣都と想いを通じ合わせてから隆史さんと会うのは初めてだったので、なんだか少し緊張していた。

藍染めの独特な香りの漂うこの家には、幼い頃からよく来ていたはずなのに。

「入って、志貴」

隆史さんは出かけているのだろうか？

不思議なくらい静かな近衛家に、そっと足を踏み入れた。

衣都は忘れ物を取りに行くのかと思いきや、彼女の部屋がある二階に上がろうとする様子はない。

俺はそれを不思議に思いながら、衣都のあとについて居間に向かった。

「衣都、いったいなにを忘れ……」

「志貴、来たよ！」

衣都がすっと居間の戸を開けた。その瞬間、部屋の明かりがついて、立派な木の机の上に並べられた豪華な食事が目に入った。

なぜかそこには母さんと父さん、隆史さん、中本さんまでいる。俺はこの状況をまったく理解できなくて、しばし茫然と立ちつくしていた。そんな俺に、衣都は楽しそうに言う。

「誕生日おめでとう、志貴！」

「え……」

……そうか、今日は自分の誕生日だったのか。そんなこと、すっかり忘れていた。

座って座って、と衣都の腕に引かれるがまま、俺は入口から一番遠い席に座った。

「三十一歳おめでとう！」

「まさかこの年でこんなに盛大に祝ってもらえるとは……」

そう呟くと、父さんと母さんが「衣都ちゃんがどうしてもって言うから来ちゃった。そういえばあんた今日誕生日やったんやね」と言いやがった。

俺の誕生日祝いというよりは、みんなで集まってご馳走が食べたかっただけではと、俺は心の中で舌を出す。

すると、そんな俺に中本さんが「おめでとうございます」という言葉とともに、日本酒をプレゼントしてくれた。

そういえば、ここ数年は俺の誕生日をちゃんと祝ってくれるのは中本さんだけだったな。俺自身も自分の誕生日に疎いから、忘れることさえあった。

「私からはこれ！」

「スケジュール帳と万年筆？」

「ううん、日記帳！　志貴、いつも日記つけてるでしょ？」

「知ってたんだ……」

衣都がくれたのは、黒のレザーの分厚い日記帳だった。使うごとに味が出てきそうな、とてもいい質感をしている。

衣都にこんなにちゃんとしたプレゼントをもらったのは初めてだったので、俺はかなり、じんとしてしまった。

「ありがとう」

日記帳を見ながらそう呟くと、衣都はにこっと笑って、「ご飯を食べよう」と俺の手を引っ張った。

こんなに大人数で食卓を囲むのは久々だ。普段はあまり好んで食べないものも、嘘みたいに美味しく感じる。

「美味しいね」

そう言って笑う衣都に、俺はこの上ない幸せを感じていた。

衣都の無垢《むく》な笑顔を見て、先のことを考えすぎるのは、やはりよくない癖かもしれないと思う。簡単にほろほろと落ちてしまう雪柳に触れるのと同じくらい、衣都に触れることが怖いけど、衣都を絶対に守るという決意は、とっくの昔にできている。自分は今さら、いったいなにを恐れているのだ。

幸せなときは、素直に幸せだと感じよう。

そう心の中で頷くと、今日はとてもいい日記が書けるような気がしてきた。

……この命に感謝するよ。薫さんが守ってくれたこの命で、薫さんの宝物である君を、必ず守り通すよ。

俺は、心の中でそう誓いながら、薫さんの優しい言葉を思い出していた。

『私は、着物はまるで、人の一生みたいだと思ったの。最初はただの細い糸でも、たくさんの人との縁で繋がって、いつか布になって、それぞれ作り手の思うように染められていく……私も、最後はこんなに美しい着物を完成させたいって、思うわ』

……薫さんの言っていたことが、今も胸に沁みる。衣都の人生が染め上げられていく様子を、この日記で、拙い文章だけれど伝え続けられたらいい。

生きよう。ちゃんと。前を向いて。

もうなにが起きても、逃げずに進みたいから、すべて衣都に話そう。

大丈夫。彼女がどんな選択をしても、もう俺は、充分すぎるほどの幸せをもらったのだから。

最終章

『衣都っていう名前はね、衣都にとって大切な誰かとの縁が、赤い糸が、強く結ばれますように。そう願ってつけたのよ』

なにも考えることがなく、穏やかな気持ちのときに、よくお母さんに言われた言葉をふと思い出すことがある。

私が唯一、声や表情まではっきりと思い出せるお母さんの記憶は、衣都という名前の由来を話しているときのものだった。

その大切な誰かとの縁は、赤い糸は、きっと生まれる前から志貴と繋がっていたように思える。私はお母さんの言葉を思い出すたびに、志貴のことを思い浮かべていた。

「今日は志貴さん、東京でお仕事なんやね」

棚を掃除している私に向かって、思い出したように中本さんが呟いた

「そうみたいです。いっぱいお土産頼んどいたので楽しみですね！」

「まあ、衣都ちゃんったらしっかり者やわ」

そう言って、少し呆れたように中本さんが笑う。

季節はあっという間に移り変わり、肌寒い一月になった。繁忙期の成人式シーズン

も終えて、やっと落ち着いた頃、志貴は百貨店との展示会の打ち合わせのため、東京へ向かった。

「たった一日でも志貴さんがおれへんと、寂しいんでしょう」

最近の志貴との関係性を知っている中本さんは、私たちのことをよく茶化す。中本さんは本当に、私にとってはお母さんみたいな存在だったので、恥ずかしいけど、なんだか少し嬉しい。

そんなふうに他愛もない話をしていると、少し緊張したような、か細い声が暖簾の向こうから聞こえた。私と中本さんは笑顔でお客様を迎える態勢になる。

「おこしやす、どうぞ中へ……」

そこまで言いかけて、私は目を見開いた。そこにいたのは、ずいぶんと会っていなかった、栃木に住む私の母方のおばあちゃんだった。

「え!? どうしたの、おばあちゃん。久しぶり！」

「まあ、衣都ちゃん、会えてよかった。成人式以来ね」

思わぬ来客に私は驚き、慌ててしまい、おばあちゃんの両手を乱暴に握ってぶんぶんと振った。

「まあ、衣都さんの。一緒に働かせていただいております、中本と申します。今お茶を用意しますね」

「いえそんな、おかまいなく」

おばあちゃんは申し訳なさそうに手を横に振ったが、中本さんは奥の部屋に消えていっ た。

おばあちゃんは育ちがよかったらしく、今でも容姿にもすごく気を遣っていて、言葉遣いも綺麗で上品だ。そういえばお母さんも、写真を見る限り、端々に気品が溢れていたような気がする。

着物好きなのはお母さんと一緒で、おばあちゃんは藤色の美しい着物を着ていた。

そんなおばあちゃんを、店内にある休憩スペースに座らせて、私は質問攻めをした。

「来てくれてすごく嬉しいけど、どうしてこんな急に……？」

「急に衣都ちゃんの顔が見たくなっちゃって。旅行ついでに、と思ってね」

「おばあちゃん……」

なんだか胸がじんとしてしまって、同時に、最近まったく会いに行けていなかったことを申し訳なく思った。

「途中でふらっと観光しながらここに来たのよ」

「観光？　言ってくれればお休み合わせて案内したのに」

「お仕事の邪魔しちゃいけないと思って。仕事場に行くと薫にはよく怒られていたから」

「お母さんも怒ったりしたんだ」

お母さんの新しい一面を知って、つい笑ってしまう。

中本さんが日本茶と栗羊羹を出してくれて、「今日は混んでいないからゆっくりして」と言ってくれた。

私が中本さんにたくさんお礼を言うと、おばあちゃんもぺこぺこ頭を下げる。

久々におばあちゃんに会えたことが嬉しくて、最近あった嬉しい出来事や、仕事で大変だったこと、悲しかったことをものすごい勢いで話した。

おばあちゃんは「それは素敵ね」とか、「それは大変だったね」とか、私のくだらない話に穏やかに相槌を打って聞いてくれる。

「そういえば、おばあちゃん今日の宿どうするの？　泊まっていく？」

「今日はもう栃木に帰るのよ。次はぜひ、ゆっくり来たいわ」

「そっかー、残念」

私が眉をハの字にしてあからさまに残念がると、おばあちゃんはなにか言いたげな表情をする。私が不思議に思って、「どうしたの？」と尋ねると、おばあちゃんは言いづらそうに切り出した。

「志貴くんとは、仲良くやれている？　突然一緒に暮らすことになったって聞いたものだから、おばあちゃんすごく心配して」

そうだ。私、おばあちゃんにも藍ちゃんにも、なにもちゃんと報告していなかった。心配をかけてしまったことを、心の底から申し訳なく思った。

「おばあちゃん、ちゃんと報告していなくてごめんね。志貴とはすごく仲良くやってるよ。といっても、ちゃんとそうなったのは、最近のことなんだけど」

「そうなの……」

「婚約も、正式にしたの」

私は、左手薬指に輝く指輪をおばあちゃんに見せた。それを見たおばあちゃんは、ゆっくり私の手を取って問いかけた。

「志貴くんと一緒にいると、幸せなのね？」

私は突然の質問に少し戸惑ったが、目を細めてはっきりこう答えた。

「うん、すごく」

そう言うと、おばあちゃんは、「よかった。それが聞きたかったの」と言って、安堵したように微笑んだ。

志貴の前じゃ絶対にこんなこと恥ずかしくて言えないけど、おばあちゃんの前では素直にそう言えた。

おばあちゃんは、本当に私のその言葉を聞きたかっただけらしく、「これ以上仕事の邪魔をしちゃダメだから」と言って、席を立った。

「少ししか話せなくて残念……今度はゆっくり来てね」

「ええ、ちゃんと連絡するわ」

寂しそうな様子の私を見て、なだめるようにおばあちゃんはにこっと微笑んだ。

「藍ちゃんは元気？」

「ええ、相変わらず忙しそうだけど。『衣都の様子を見てきて』って言われたわ。あの子も、衣都ちゃんのことが心配だったみたいね」

「え、藍ちゃんが……？」

あの藍ちゃんが、私の心配をしてくれているなんて。なんだか嬉しい事実に、つい顔が綻んでしまう。

藍ちゃんとは仲が悪いわけじゃないけど、志貴のことをあまりよく思っていないのはわかっていたから、志貴と仲のいい自分はもしかしたら嫌われているのかもしれないと、幼い頃から感じていたのだ。

このあいだお母さんのお墓参りに行ったときは、一泊しかできなかったので会いに行けなかったけど、今度はゆっくり、おばあちゃんと私と藍ちゃんの三人で話したい。

そのことを伝えると、おばあちゃんはとても喜んでくれた。

「藍ちゃん、私が結婚式挙げたら、来てくれるかな」

「そうね。きっと藍ちゃんは、志貴くんがいつまでも責任感で縛られたりしていないか、償いの意味で衣都ちゃんに接しているのではないかって、ただそれが心配なだけなのよ」

「え？」

ぽろっとおばあちゃんの口からこぼれた言葉が気になった。

責任感と償いって、いったいどういう意味……？

私が思わず眉をひそめると、おばあちゃんはハッとしたように口を手で覆う。

「おばあちゃん変なこと言っちゃったわ、ごめんね。じゃあ、静枝さんたちにご挨拶してから帰るわね」

「あ、うん。気をつけてね！」

「ありがとう、衣都ちゃんも元気で」

「うん、藍ちゃんによろしくね！」

そう言って私は、おばあちゃんを見送った。おばあちゃんは、明らかに少し焦ったように帰っていった。

おばあちゃんが去っても、残されたふたつの言葉が、心をざわつかせる。

胸騒ぎがする。

私はその日は一日中、妙に落ち着かなかった。

仕事を終えてやっと着物を脱ぎ、部屋着に着替えてからも、胸騒ぎが静まることはなかった。

私は、志貴に嘘をついたことで、志貴を縛ってしまったと思っていたけど、もしかして他にも、私がなにかで彼を縛ってしまっているの……？

なんだか不安だ。なんでこういう日に限って志貴はいないのだろう。

志貴に、電話をしてみようかな。志貴の、声が聞きたい。

まるで水面に波紋が広がっていくように、不安が胸の中で大きくなっていく。

声を聞こうと思い立ち、スマホを手に取ったけれど、仕事中だったら迷惑をかけてしまうかも、という思いが私を制した。

今日はあいにくの雨で、外からはザーザーという無機質な雨音が聞こえる。庭の雪柳は、もう完全に葉が落ちて、寒々しい姿になっていた。

自分の部屋にも布団はあるのに、私は志貴の部屋で寝ることにした。なんだかそのほうが落ち着くのだ。

志貴の部屋は、相変わらずきちんと整頓されていて綺麗だ。

気持ちをなんとか静めたくて、書棚から着物の本を一冊取る。

「勉強してようかな……」

気を紛らわすために、志貴がいつも使っているパソコンデスクに着物の本を広げた。

そこには、たくさんのマーカーや付箋《ふせん》が貼られており、志貴の勤勉な性格が窺える。志貴が、真剣に着物と向き合った跡を、指でなぞる。そこに書き込まれた志貴の右上がりの文字を見ていると、無性に彼が恋しくて仕方なくなってきた。

「志貴……」

志貴のことをもっと知りたくなる。生まれたときからずっとそばにいるのに、私はまだ彼のほんの一部しか見られていないような気がするのは、どうしてなんだろう。歴代の志貴の彼女と同じように、私もまた彼にハマりすぎて、不安になっているのかな。

そう考えをめぐらせると、生まれたときから一緒にいても、今までの志貴の元カノと同じように、自分も恋愛に余裕のないただの女の子なんだなと思えて、少し嫌になった。

ふと下に目をやると、パソコンデスクの引き出しが、今日は珍しく開けっぱなしになっていることに気づいた。そこには、志貴が今までずっと書き続けている日記が、すべてしまってある。志貴の歴史が、今、目の前にある。

いけないとわかりつつも、余裕がない自分が嫌で、もっと志貴との距離を縮めたくて、そこに手を伸ばしてしまった。

「昔のだったら、いいよね……」

子供の頃の日記なら、きっとたいしたことも書いてないだろうし。

ドキドキと胸が高鳴った。昔のアルバムを見ることにはまったく抵抗はないのに、日記は内面的なものなのでやっぱり罪悪感がある。

しかし、私のその罪悪感は無駄に終わった。その日記は、ほとんど白紙だったのだ。

「なんだ。全然書いてないじゃん、志貴……」

パラパラと適当にページをめくった。

黄ばんだ紙は、ただ年月が経っているだけで、なにも文字が書き綴られていない。

なんだか気抜けしてしまった私は、そのまま日記を閉じようとしたが、そのとき、挟まっていた一枚の新聞記事の切り抜きが、ひらりと落ちた。

私は、その記事が挟まっていたページでめくる指を止める。

「え……」

そこには、数行の文が書かれていた。短い文なのに、私は、志貴の過去や、さっきのおばあちゃんの言葉の意味を一瞬で理解し、震える手でその新聞の切り抜きを拾った。

ああ、そうか。私がずっと志貴に対して抱いていた距離感は、これだったんだ。

まるで手に取った切り抜きから指先を伝って魔法が解けていくように、今まで持っていた違和感が納得に変わっていくのを感じた。

藍ちゃんが志貴をあまりよく思っていない理由は、おばあちゃんが私と志貴のことをすごく心配していた理由は、志貴がずっと私を見守り続けてくれた理由は、ここにあったんだ。

私は、志貴の家にいることが怖くなってきて、家を飛び出した。激しく動揺した状態で、事実を確かめるために父のいる実家に向かう。

外は大雨が降っていた。

償いだった？　責任感だった？　私だけがなにも知らなかった？　志貴は、いったいどんな気持ちで私とずっと一緒にいた？

違う。志貴は私を愛してくれている。だって、あのとき言っていたもの。衣都がいてくれてよかったって。志貴がくれた優しさを疑っちゃダメだ。

『衣都、久しぶり。なにぽかんとしてんだよ。元気だったか？』

……ふと、四年ぶりに志貴と会った日のことを思い出す。

なぜ四年もの間、志貴と会うことが許されなかった？

「衣都さん？　どうしたの、傘も差さずに」

「美鈴さん……」

濡れたまま走っている私に赤い傘を差し出してくれたのは、偶然通りかかった美鈴さんだった。彼女は驚いた様子で私を見ていたが、慌ててハンカチを渡してくれる。

私は動揺しきったまま、美鈴さんにいきなり問いただしてしまった。

「美鈴さんは、私が東京の大学に行っているときにはすでに、京都で暮らしていたんですよね？」

「え、ええ……」

「志貴は、そのとき京都にいなかったんですか？」

「いえ、私の知る限りではいつもお店にいたわよ」

志貴は、店を継ぐために、着物の勉強をするために、あちこち回っていたと聞いていた。でもそれは違った。嘘だった。志貴はずっと京都にいた。

降りしきる雨の中、私は今度はお父さんの言葉を思い出す。『志貴くんに、頑張る時間を与えてやってくれんか？』と、そう言って私をなだめたのだ。

頑張る時間って、いったいなにを……？

「どうしてそんなことを聞くの？」

最初は心配している様子だった美鈴さんが、だんだんと表情を変え、顔面蒼白の私を訝しげに見つめて、まっすぐに質問を投げかけた。

「志貴と、四年間会えない期間があったんです……」

「四年も？　どうして？」

「わからないんです。お父さんたちに、そう説得されて」

そう呟くと、彼女は核心をつくような声で言った。

「それって、志貴さんが、あなたに会うことがつらかったからじゃないの？」

「それ、どういう意味ですか……？」

なにかを知っているような口ぶりの彼女に、私は驚き固まった。

美鈴さんは、いったい私たちのなにを知っているの？

聞きたいのに、動揺して上手く頭が回らない私を、美鈴さんは黙って見つめている。

私に会うことがつらかったから？　それは、罪の意識で私に接していることに、限界がきたということだろうか。

違う、それだったら、たとえ政略結婚だからと言われても、私と一緒に暮らすことなんて耐えられなかったはず。きっと他に、なにか理由があったんだ。

私と四年間会えない理由が、なにか。

突然冷たくなった美鈴さんの瞳に、私は一歩後ずさりをした。

「志貴さん言っていましたよ。衣都さんに対しての恋愛感情には、責任感も入っているかもしれないって」

「責任感……？」

「私、早くあなたから志貴さんを解放してあげたい。あなたはずっと自由に生きてきたのに、志貴さんはずっと、あなたに時間を使ってきた。でもそれは仕方ないって思っていた。志貴さんにとってあなたは特別な子なんだろうから。だから諦めようとした。でも私、知ってしまった。あなたと志貴さんを繋いでいるものはなんなのか」

「やめて……ください……」

「私、志貴さんと同じ中学だった友人から、聞いてしまったの。十七年前の、事故の話を」

「やめてください！」

「もし、志貴さんが、償いや責任感であなたを守ると決めたなら、あなたはそれを知っても、彼を解放してあげられないの……？」

私は美鈴さんの差し伸べてくれた傘を払いのけ、両耳を塞いで叫んだ。鼓膜をつんざくような声が出てしまった。

……あの小さな切り抜きには、こう記してあった。

【三十八歳女性、十三歳の少年をかばい重体】

――日付は母の命日の一日前だった。

その新聞が挟まっていた日記帳のページに書いてあったのは、まだ幼い志貴の、心の叫びそのものだった。

【怖い。どうやって償えばいい。怖い。もう衣都に会うことも、怖い】

志貴は、いったいどんな気持ちで私と一緒にいた？　お母さん、私は今、どうすればい？

ねえ、もしかして、私と志貴を繋いでいたものって、赤い糸なんかじゃなくて、重たい鎖だったの？　志貴に会えなかったあの四年間で、もしかしたら彼は、本当に一生私から離れようとしていた？　私から、解放されようとしていた？

私が就職に失敗したから、私に同情したから、罪の意識があるから、償うためにって決めたから、私をまた救うために、私の気持ちに応えたの？　私から離れない道を選んだの？　なにも知らなかったのは、私だけだった……？

「お願い、もう彼を、自由にしてあげて」

振り払った赤い傘が、道路の隅に転がっている。

雨のせいで、自分と美鈴さんが泣いているのかどうなのか、わからなかった。わからなかったけれど、うるさすぎる雨音の中、私は祈るように胸の中で呟いていた。

ねえ、志貴、教えて。もう嘘をつかずに、教えてよ。

私の予想が全部間違いなら、美鈴さんが言っていることがすべて嘘なら、もう一度強く私を抱きしめて、愛しているとただひと言、そう言ってほしい。

離れてもいいよ

あのあと、自分がどうやって家に帰ったかはよく覚えていない。雨でずぶ濡れになったので、次の日私は高熱を出した。幸い定休日だったからよかったものの、帰宅した志貴が私の様子を見て、一気に顔を青ざめさせたのは微かに覚えている。

「今日は、衣都の代わりに親父が店出てくれるって言うから」

「ありがとう、ごめんね志貴……」

「安静にしてろよ」

そう言って、布団にくるまっている私の熱い額を、志貴の冷たい手が撫でた。

熱を出して二日目、だんだん体調はよくなってきた気がするが、まだ頭はぼうっとするし、全身が鉛《なまり》みたいに重く感じる。

志貴は、もう出勤時間ギリギリなのに、布団のそばに胡坐《あぐら》をかいて、私を心配そうに見下ろしている。そんな志貴を見ていると、胸が苦しくなった。

障子の隙間から見える一月下旬の庭は寒々しく、春のような華やかさがない。雪柳の枝を伝った雨水が滴り落ちて、池の水面にいくつもの波紋を作る。

そんな冷たそうな蓮池を見て、春にこの家に来たときは、あの庭は本当に本当に美しかったのに、とぼんやり思った。

「そろそろ行くけど、なにかそばに置いておいてほしいものあるか？」

「リモコンとタオル」

「わかった、ここに置いてあるからな。他にはないか？」

「志貴にいてほしい」

「どうしたお前、弱りすぎだぞ」

志貴が、呆れたように、照れくさそうに笑って、私の頬を親指で撫でた。

そういえば私は、小さい頃はよく体調を崩しては、志貴に看病してもらっていた。まだ六歳くらいだったかな。私は、中学生の志貴に、いつもしょうもない嘘をつかれていた。幼かった私は、志貴の言うことを全部信じていたと思う。

『今日風邪ひいて遠足に行かれへんかったくらいでしょげたらあかんで。俺の未来予想やと、もし衣都が今日遠足に行っとったら、バッタに追いかけ回されて泣いてることになっとったな』

『ええ、本当にー？』

『ほんまや。それに今日は雷も鳴るて予知しとる』

遠い過去の会話を思い出して、私は少し笑った。

私の思い出には、いつも志貴がいる。なにを思い出そうとしても、そこに必ず志貴がいる。私にとっての志貴が、どれだけ昔から、どれだけ大きな存在だったか、思い出を振り返るたびに実感する。

「じゃあ、そろそろ行くから。お粥《かゆ》、ちゃんと食べなさい。あと、テレビばっかり見ないでよく寝ること。なんかあったら、店の電話にかけること」

「志貴、お母さんみたい」

「自分で言って今思った」

ふふ、と私が笑うと、突然視界が暗くなり、手を添えられて頬にキスをされた。唇が離れたあと、彼は「行ってくる」と囁いて、最後に私の額にも小さなキスを落とした。

彼が部屋から去り、玄関の戸が閉まる音を聞いてから、私は顔を両手で覆った。

「うっ……」

声を押し殺して涙を流した。

この幸せがたとえ崩れても、向き合わなければいけないことがある。少なくとも志貴には、まだ私に話していないことがある。私は聞かなければならないことがある。

これから先、志貴と一緒にいたいなら、この問題と向き合わなきゃいけないんだ。

私は泣き疲れて、いつの間にか眠ってしまった。

夢の中には、幼い頃の志貴が出てきて、私のことを必死に看病してくれていた。

そういえば、あの雷の夜、寝込んでいる私に中学生だった志貴がなにか言っていた気がする。私は夢の中に落ちる寸前で、聞き取れなかったが、あのとき志貴は、なんて言っていたんだろう。


振動が枕の下から伝わってきて、私は目を覚ました。

寝ぼけ眼のまま手でスマホを探り、着信相手を見ると、そこには、【木下百合子《きのしたゆりこ》教授】と表示されている。ずいぶんと連絡をとっていなかった相手からの着信に動揺したが、ゆっくりと画面をタッチした。

「はい、もしもし」

『近衛さん久しぶり。元気だった?』

「先生、ご無沙汰してます。突然でびっくりしました」

木下教授は、大学時代のゼミの先生で、就活でも卒論でもかなりお世話になった方だ。私は理系の学部に所属していたので、卒論のために何度も実験を繰り返しては失敗し、よく先生に泣きついていた。学内でも面倒見のいい先生として有名で、もちろん学生からも慕われていた。

『近衛さん、今、実家に戻ってるようなことを噂で聞いたけど……本当?』

「あ、はい。正しくは実家ではないんですけど、なじみの家の仕事を手伝ってます」

『そうなの。あのね、私の旧友が繭《まゆ》を使った美容アイテムの開発をしていてね。栃木の小さな研究所なんだけど、もしよかったら、そこで助手をしてみない？　近衛さん、もともと研究職希望だったわよね』

「は、はい……。一応、研究職を希望してました」

『頼んでみたら、二年契約なら受け入れてもいいって言ってくれて。次の就活に繋げるためにも、どうかしら？　確か栃木におばあちゃんの家があるのよね？　通うにもちょうどいいと思って……』

志貴とこの店を継ぐって決めたし、婚約も正式にした。だからこの話は断るしか選択肢はないのに、私はすぐに断れなかった。

神様はなんて残酷なんだろう。

志貴と再会する前にこの話をもらっていたら、私は迷わず受け入れた。志貴のあの日記を読む前にこの話をもらっていたら、私は迷わず断った。

志貴の過去を知った今、私は……。

「少し、時間をいただいてもいいですか？」

木下先生に心からお礼を言って、私は通話を切った。そして、スマホを畳の上に投げて、また両手で顔を覆った。

なぜ、こんな計ったようなタイミングで、志貴と離れる道が用意されたのだろう。もう、〝そういうこと〟であるような気がしてならなかった。

『お願い、もう彼を、自由にしてあげて……っ』

美鈴さんの言葉が、ナイフのように胸を抉り、志貴の日記の言葉が、あの震えた文字が、私の胸の中をさらにぐちゃぐちゃにする。

もし、志貴が本当に償いの気持ちでずっと私を守っていくと決めたなら、志貴は本当にそれで幸せなのかな？　私は、志貴に優しくされるたび、どんな気持ちになったらいい？

目を閉じながら、私は志貴との日々を振り返ろうとしたが、つらすぎて、考えることをやめた。

このままなにも知らないふりをして、志貴と一緒に過ごしていきたい。

でもそれは、もしかしたら、志貴の本当の幸せを潰してしまうことになるのかもしれない。志貴を、縛り続けていくことになるのかもしれない。

事故が起こったあと、お父さんや親戚、周りの大人全員が、まだ子供である私に、あまりに残酷な事実を知らせないように必死に隠したんだろう。

それは仕方のないことだとしても、私が知らない間に、志貴は隣でずっと苦しんでいたのかもしれない。私を見るたびに、罪の意識に苛《さいな》まれていたのかもしれない。そう思うと、胸が苦しくなった。

ねえ、志貴が一番幸せになれる道は、いったいどれなの？

ふと、障子の向こう側に志貴の声が聞こえ、時計を見ると、もう営業時間はとっくに過ぎていた。

「びっくりした。もうこんなに大きくなってたんだな」

志貴以外にも数人の声が聞こえ、恐る恐る障子の隙間から庭を覗くと、そこには志貴と同い年くらいの男性と、その奥さんらしき人と、五歳くらいの男の子がいた。

雨はいつの間にか上がっていて、男の子は蓮池に浮かぶ葉をつんつんと指で突っついている。志貴は、今までに見たことないくらい優しい顔で、その男の子を見ていた。

「お前も立派な父親やってたんだな。今度また京都旅行に来るときは、連絡よこせよ」

「俺にしてみれば、志貴が結婚してないことのほうが不思議だよ。お前なら選び放題だろ、着物王子」

「やめろその呼び方」

志貴は不機嫌そうに言い放った。

……大学時代の友人なのだろうか。私はその微笑ましい家族の光景に、ものすごくショックを受けた。なぜなら、志貴も、もし私がいなかったらあんなふうに結婚して、すでに子供がいたかもしれないと、そんな考えが浮かんだからだ。

『あなたはずっと自由に生きてきたのに、志貴さんはずっと、あなたに時間を使ってきた』という、美鈴さんの言葉が胸を刺した。

私が、志貴の時間を奪ってしまったのかもしれない。そう思うと震えが止まらなくなって、私はそっと、志貴の机の引き出しを開けた。

私がずっとずっと前にあげた、赤い糸のお守りがそこに入っている。私は、それを手に取って、ぎゅっと胸に押しつけ、固く目を閉じた。

そして、ひとつ決意をした。

もう、逃げてはいけない。志貴のためにも、私のためにも。

「じゃあ、またあとで連絡する。邪魔して悪かったな」

「ああ、気をつけて」

志貴の友人らしき家族の声が遠ざかり、やがて聞こえなくなると、私はゆっくり障子を開けて、志貴を呼んだ。

「衣都、もう起き上がって大丈夫なのか？」

私に気づいた志貴は、縁側で靴を脱いで、廊下に上がってくる。

私はそんな志貴の両腕を掴んで、じっと彼の瞳を見つめた。

「志貴、あのね、聞きたいことがあるの」

緊張でこんなに声が震えたのは初めてだったので、志貴も私の様子がいつもと違うことに、すぐに気づく。

庭が一望できる廊下で、私は志貴に、真実を確かめるための質問をした。

「なんで私は、四年間志貴と会っちゃダメだったの……？」

志貴の茶色の瞳が、明らかに揺らいだ。彼は私から目を逸らして、俯く。そして、擦り切れそうなか細い声で言った。

「それは、答えられない」

その瞬間、私の瞳は光を失った。なんとか抑えていた〝嫌な予感〟が、堰を切ったように溢れだし、一気に胸の中をざわつかせる。

「どうして？」

訴えかけるように、彼の腕を掴む力を強めた。

「それだけは、答えられないんだ」

「もしかしてそれって、あの事故のことが関係してる……？」

私の口から『事故』という言葉が出たことに、志貴は目を見開き激しく動揺していた。私が事実を知っていることを、彼は知らなかったのだろう。

「ねえ、志貴は、償うために、ずっと私に優しくしてたの？」

「違う！」

ずっと俯いていた志貴が、声を荒らげる。私は一瞬びくっと肩を震わせた。志貴の瞳は、必死そのものだった。

「それは絶対に違う。信じてほしい」

「でも志貴は、私に会うことが、怖かったんでしょう？　私を見るたびに、思い出してつらくなったでしょう……？」

その問いかけに、志貴は言葉を失い、沈黙が流れる。もう、どうすればいいのかお互いわからなかった。

そんな凍《い》てついた空気を、志貴が少し掠れた声で破る。

「怖かったよ。それは否定しない。事実を知ったら衣都に恨まれるのは当然だって思っていたし、衣都を見るたびに、まだこんなに小さい子の母親を奪ってしまった罪悪感で、死にたくなった」

志貴が、片手で顔を覆う。彼の声がこんなに震えているのを、私は初めて聞いた。

「でも、俺は衣都が」

「美鈴さんから聞いた。私に対しての恋愛感情には、責任感も入っているかもしれないって志貴が言ってたって……。それは、本当なの？」

志貴が途端に無言になったので、私は否定してほしくてもう一度質問した。

「本当なの？　志貴」

嘘だよって言ってよ。そんなんじゃないって言ってよ。嘘でも違うって言ってよ。ねえ、志貴、嘘は得意なんじゃなかったの？

「ひとつも入ってないって言ったら、それは嘘になる」

志貴の言葉が、私の中のなにもかもを暗くした。もうこれ以上、彼の言葉を聞きたくない。逃げたい。

そう思ったら、もう言葉が止まらなくなってしまった。

「じゃあ、やっぱり、志貴は責任感で私に優しくしていたんだ。私は、ずっとそれに気づかずに、今まで過ごしてきたんだ……」

胸の中に押し寄せてきた感情を、止めることができない。

「衣都、最後まで聞け。でも俺は」

志貴は少し声を荒らげたけど、私はもう彼の言葉を聞きたくなくて、傷つきたくなくて、そのまま話し続ける。

「志貴は優しいね……本当に。私は志貴がいたおかげで、ひとりで家にいることも少なかったし、美味しいご飯もたくさん食べられた」

「衣都、こっち見て」

志貴が私の腕を掴んで、私の言葉を遮ろうとする。それでも私は、話すことをやめなかった。

「入学式のときも、お父さんと三人で写真を撮れたし、勉強でわからないところもいっぱい教えてもらった。部活で悔しいことがあったときは、ずっと話を聞いてもらったし、彼氏と別れたときは慰めてもらった」

「衣都っ」

「だからもう、充分だよ、志貴……、もう、いいよっ……!!」

私は、志貴の胸を叩いて、腕を振り払った。

もういいよ。もう充分だよ、志貴。私はもう、充分あなたから幸せをもらったよ。

もう、大丈夫だから。

「衣都、なにが言いたい」

志貴がより真剣な声で尋ねてきたので、私はきっぱりと迷いなく答えた。

「別れよう」

「俺の話は聞いてくれないのか」

「別れよう、志貴」

　ここでもし私が迷うような素振りを見せたら、志貴は私から離れられない。

だから、私はもう一度きっぱりと告げた。

私と志貴を繋いでいたものは、赤い糸なんかじゃなくて、重く冷たい鎖だったんだ。

それをはずす鍵は、私しか持っていない。私しか、志貴を自由にしてあげることはできない。

「衣都、一度冷静になれっ」

志貴が、さらに声を荒らげて私の肩をぐっと掴むが、私は彼の顔を見られなかった。

「冷静だよ。私と志貴は一緒にいないほうがいいと思ったから、そう言っているんだよ！」

「俺は衣都と一緒にいたい。衣都が好きだ」

「私はもう、志貴と一緒にいるのは無理だよ」

そう言い放ち、恐る恐る志貴を見上げると、彼はものすごく傷ついた顔をしていた。

その表情を見た瞬間、切なくて苦しくて、涙がこぼれ落ちた。

「無理だよ……、志貴から優しくされるたび、胸の中が苦しくなる……」

どうすることもできない。彼から離れること以外に、彼を助けてあげられる方法が見つからない。

「きっとこの先もっと、お互い苦しくなる」

「なんでそう思うんだ」

「どうして、四年間会えなかった理由を私に言えないの？」

「それは……」

「志貴の私に対する愛情は、自然じゃないよ！　そんなふうに愛されても、償うために優しくされても、虚しいだけで私はちっとも嬉しくないよ！」

勢いのまま言葉にしてハッとした。

私は、感情のままに言ってはいけないことを叫んでしまった。

自分が今、どれだけ彼を傷つけてしまったのか、言ってしまってから気づいた。

自分の口を手で押さえ、志貴を見上げると、怒りと悲しみが煮えたぎった瞳で、彼は私を見つめていた。

「衣都がそう思うんなら、もう、それでいい」

「志貴……」

「もう離れてもいいよ。俺から。衣都が俺といて苦しいなら、仕方ない。でも、俺がどんなに衣都を好きなのか、その想いまで勝手に嘘だと決めつけて踏みにじるのは、許さない」

許さない、というひと言のところで、志貴はとくに怖い顔をしたが、そのあとすぐに、もうどうしたらいいのかわからないというように、俯いた。

「衣都は、信じてくれないんだな……。俺が、嘘をつきすぎたからか……」

志貴の、こんなに苦しそうな表情を、私は生まれて初めて見た。こんな顔をさせてしまったのは自分だと思うと、もう胸が粉々に打ち砕かれてしまいそうだった。

もし許されるのなら、今言ったことは全部嘘だと、あなたが好きだと声がかれるまで言いたい。

好きだよ志貴。本当に、心の底から言える。あなたは、間違いなく一番大切な人。

だからこそ、幸せになってほしい。

でも、もう後戻りできないくらい、ふたりの間に溝ができてしまった。

このまま会うことはなくなって、志貴は結婚して、子供も生まれて、私の知らない志貴になっていく。きっとそれが、一番〝自然〟で、一番〝正解〟なんだ。

「今までありがとう、志貴……」

私は薬指にはめてあった指輪を、志貴に返した。

彼は黙ってそれを受け取り、真珠みたいに美しい涙をひと粒流した。

一年間の約束

……あれから約二カ月が経ち、季節は春を迎えようとしていた。

私は、木下先生に紹介してもらった栃木の研究所で、仕事を手伝っている。少しだけどお給料をもらって、足りない分を補うためにバイトをする日々だ。

もともと志望していた美容系の研究ということもあって、毎日刺激的で貴重な体験をさせてもらっている。それに、誰かを綺麗にする手助けをすることの楽しさは、呉服屋で働いていたときと共通している部分があって、とてもやりがいがある。

だけど、大学時代から目標にしていた仕事に就けたのに、どうしてか心の中にぽっかりと穴があいてしまったような気持ちになるときがある。それはふと、着物や京都の話題が目に入ってきたときに訪れるんだ。

「衣都ちゃん、お料理上手になったね」

おばあちゃんが私の手料理を食べて、驚いたようにそう呟いた。

栃木に来てからは、おばあちゃんと藍ちゃんの家に住まわせてもらっているので、私は積極的に家事を手伝っていた。

「一応東京でひとり暮らししてたからね」

「すごく美味しいわ。ねえ、藍ちゃん？」

今日は珍しく、みんな仕事が休みの日曜日なので、藍ちゃんとおばあちゃんと私の三人で、ゆっくりお昼ご飯を食べていた。

「うん、美味しい」

久々に再会した藍ちゃんは、なんだかこんな言い方、妹がしたらおかしいかもしれないけど、すごく丸くなっていた。

私の記憶だと、いつも部活帰りにため息をついたり、お父さんに対しても反応が薄かったり、あまり自室から出てこなかったり……そんなイメージが強かったので、私と同居することを快く許してくれたことに驚いた。

長い前髪を両耳にかけ、黒髪を鎖骨の高さにきっちり切り揃えている藍ちゃんは、お母さんに似て色白で、目元はきりっとしていて、とてもしっかりした女性に見える。看護師として、毎日忙しく働いているらしい。

藍ちゃんに会うのは本当に久しぶりだったし、年も九つ離れているから少し緊張したけど、彼女は思っていたよりずっとあたたかく、私を迎え入れてくれた。

まさか私が作った料理を、藍ちゃんが美味しいと言って食べてくれる日が来るなんて。そのことにじんとしていると、藍ちゃんが静かに箸を置いた。

「あのね、ちょっと報告があるの」

突然空気は変わり、私とおばあちゃんは同じタイミングで動きを止めた。

「私、プロポーズされたの」

「え!? じゃあ、藍ちゃん結婚するの!?」

「今度、彼を連れてきてもいいかな？」

「ま、まあ、そうなの、どうしましょう、まあ」

おばあちゃんは嬉しそうに自分の顔を両手で挟んだ。

なんの前触れもなく報告されたので、私は喜ぶよりも前に驚き固まってしまった。

藍ちゃんが、結婚する。

驚き慌てる私を見て、藍ちゃんは静かに笑った。

「今から来るわけじゃないんだから。まあとりあえず、お父さんにはもう連絡したから、今度ふたりで京都に行ってくる。そのあとに、うちにも連れてくる予定」

「わ、わかったわ。ご馳走用意しなきゃ……」

「そんな長居しないからいいよ」

「ダメよそんなの、ちゃんとしないと」

おばあちゃんは、お菓子を確認しに席を立った。藍ちゃんは呆れたようにおばあちゃんを見つめていたが、そんな藍ちゃんに、私は食い気味に質問をした。

「相手どんな人？」

「普通の会社員。中学の同級生だった人」

　藍ちゃんは、いつもと変わらぬ無表情のまま淡々と答えた。

「えっ、中学の!?」

「同窓会で再会して……っていうありがちなやつよ」

　冷めた口調で言う藍ちゃんとは反対に、私は目を輝かせる。

「おめでとう！　本当に嬉しい！」

　ものすごい勢いで祝福すると、藍ちゃんは圧倒されて一瞬戸惑ったように表情を強張らせてから、ゆっくり目を細めた。

「ありがとう、衣都」

「式は挙げるの？　もし挙げるなら絶対呼んでね」

　子供のようにはしゃぐ私を見て、藍ちゃんは、今度はふふ、と声に出して笑ってくれた。


　志貴の家と違って、おばあちゃんの家は全室フローリングの洋室だ。私のお母さんも生まれ育った家だから、外観は年季が入っているけれど、中はリフォームで綺麗になっている。

　椅子に座ってご飯を食べることも、ふかふかのベッドの上で寝ることも、一日中おばあちゃんの好きなピアノの曲が流れていることにも、最初は慣れなかった。

この家に来てから、一度も志貴の話題が出たことはない。きっとふたりは私に気を遣っているのだろう。正直その優しさは、とてもありがたかった。

まだ、志貴のことを思い出として話せるようになるまでには、全然時間が足りなかったから。

「結婚かあ、いいなあ」

自室に戻り、ベッドに寝転がった私は、まだ藍ちゃんの結婚報告の余韻に浸っていた。

藍ちゃんが丸くなった理由のひとつには、もしかしたら結婚もあるのかもしれない。いつもの無表情で無口な藍ちゃんと変わりないのに、幸せなオーラが滲み出ていた。

かくいう私も、志貴と結婚する予定だったんだけれど。

「元気かな……」

もうなにもない自分の左手薬指をじっと見つめた。

緩やかな斜めのラインが入った、シンプルなプラチナリングだった。

『今度は、拒否するなよ』と、志貴はそう言って、私の指に誓いのリングをはめた。

目を閉じると、あのときの彼の真剣な瞳を思い出して、心臓が苦しくなる。彼も珍しく緊張していたのか、少し手が震えていたような気がする。

……あ、ダメだ。やばい、涙が出そう。

私は慌てて起き上がり、目をごしごしと乱暴に拭って、気合いを入れるように頬をパシッと叩いた。少しでも気を抜くと、志貴が恋しくなってしまうから。

と、そのとき、控えめなノック音とともに、藍ちゃんの声がした。

「衣都、ちょっといい？」

藍ちゃんが自ら私の部屋を訪ねるなんて珍しい。私は「いいよ、入って」とベッドから返事をした。

「入るね」

藍ちゃんはそう言って、小包みらしきものを持って、部屋に入ってきた。そして、ベッドに座っていた私の隣に、すとんと座る。

「衣都に、渡すものがあるの」

「え、私に……？」

「このあいだ、京都に行ってきてね。志貴くんから、これ預かってきたの」

藍ちゃんの口から、すごく久しぶりに志貴の名前を聞いて、私はドキッとした。

藍ちゃんは、小包みをそっと私に手渡した。辞書ほどの重さのある、四角い小包みだった。

「なんで……、いったい、なにを……」

「私が、無理言って預かってきたの」

「預かった？」

「どうしても衣都に見てほしくて、私がお願いしたの」

私はますます困惑した。

だって、藍ちゃんと志貴の仲はよくなかったはずだ。それでも志貴にお願いしてまで、私に見せたかったものって、いったいなんだろう。

藍ちゃんに目を向けると、彼女はしばらく俯いて、なにかを考え込んでいるような表情をした。それから、ひとつ決心したように、私の手を握った。

「ごめんね、衣都。全部志貴くんから、聞いたの。私のせいだね。ごめんね、衣都」

藍ちゃんの細い腕が、私の身体に回った。シトラス系の香りがふわっと漂い、彼女の女性にしては少し低い声が耳元で聞こえた。

私はまったく状況が理解できず、藍ちゃんに抱きしめられたまま、ただぽかんとしていた。

「私ね、まだ子供だったし、お母さんのことが本当に大好きだったから、志貴くんのことをなかなか許せなかったの。彼の顔を見るたびに、憎悪で胸の中がメチャクチャになった」

藍ちゃんの口から『憎悪』という単語が出て、お母さんが事故に遭った直後の彼女の暗い顔が思い浮かんだ。

「いつか事実を知ってしまう前に、衣都から離れてほしかった。衣都まで傷つけたくなかった。だから、志貴くんにひどいことを言った」

初めて聞く藍ちゃんの想いに、私はただ耳を傾けることしかできなかった。

「とにかく彼ともう関わりたくなかった。高校から家を出たのは、彼と衣都が仲良くしているところを見たくなかった、という理由もあったの。でも、五年くらい前に、お母さんのお墓に、一冊の日記帳が置かれていたのを見たの。明らかに志貴くんの字だった。それを見たとき、少し考えが変わった……」

「日記帳?」

藍ちゃんがそっと私から離れて、震えた瞳で私を見つめた。

「彼が、私の言葉のせいで、すごく責任を感じてしまったんじゃないかって。すごく動揺した。志貴くんは、私が思っていたよりずっと、自分のことを責めていた。志貴くんが衣都に執着するのも、償いの意味で接しているんじゃないかって、そう思ったら、今度は私がつらくて仕方なくなった。怖くなった」

「藍ちゃん……」

「それで私、お父さんに相談したの。そして、お父さんから衣都に、志貴くんと離れるよう言ってもらって、私は志貴くんに対してこう約束させた。『衣都が学生を終えるまでの四年間、会わないで』って。あの過去から離れていろいろなことを考える時間が、彼に必要だと思ったから」

『志貴くんに、頑張る時間を与えてやってくれんか？』という、お父さんの切なげな言葉が蘇った。

頑張る時間。それはもしかして、過去と離れるための時間だったの……？

「四年間離れて、それでも、どうしても衣都が大切なら、そのときにもう一度、自分のことも、衣都のことも考えてって言った。私は正直、その四年間で、志貴くんは志貴くんで、勝手に幸せになってくれるはずだと、無責任にも思っていたの。だってそれが一番自然な形だと思っていたから……」

自然な形という言葉を聞いて、藍ちゃんもいつかの私と同じ考えだったことを知った。

「でも、志貴くんの想いは変わらなかった。四年経って、去年の二月頃、志貴くんから電話があったわ。どうか衣都に会わせてくださいって。私はもう、どうやって自分が言ってしまった言葉の責任をとったらいいのか、わからなくなってしまった」

藍ちゃんの声が、徐々に震えだした。いつも冷静な藍ちゃんがこんなにも震えながら一所懸命に話す姿を見て、私までつらくなってしまった。

「もうこれ以上、彼の時間を奪っちゃいけないと思った。だからまた、期間を設けることにしたの。彼に、『一年間で確認してほしい』と言った。そして、『この一年間で、衣都と想いが繋がらなかったら、そのときは今度こそ、もう近衛家から離れて、自分の幸せを探すことに力を注いでほしい。私はもうこれ以上、あなたの想いに責任をとれないから』って……」

「志貴は、志貴はそのとき、なんて言ったの……？」

「彼は、『一年間でいい』と言ったわ。『それでもしダメでも、遠く離れても、衣都を想う気持ちは変わらないし、藍さんも、なにも責任を感じなくていい』と……」

「え……」

「『一年間、衣都と過ごす権利がもらえるだけで、充分だ』って……」

もしかして、志貴が四年間会えなかった理由を私に話せなかったのは、藍ちゃんをかばうため……？

私の頬を、静かに涙が伝う。

私は、盛大に勘違いをしていた。志貴が二十二年間注いでくれた優しさを、愛情を、すべて無駄にするところだった。

「それで、私はまたお父さんと相談したの。お父さんは、志貴くんが気持ちをはっきり確認できるように、衣都を京都に呼び戻して、政略結婚という名目で、浅葱屋で一年間、志貴くんと一緒に過ごさせることを考えて、志貴くんに提案した」

それで、一年間という期限つきの約束だったんだ。だからあのとき、お父さんは厳しく言ってでも私を無理やり連れ戻したの？

「健気な志貴くんの言葉に、私は改めて彼の幸せを願った。だから余計、志貴くんに対して当たりが強くなってしまった。だって見えていたから。いつか事実を知った衣都が傷つくことも、志貴くんを傷つけてしまうことも。でも、それは私の思い込みだったのね。そのせいで、私こそが、志貴くんのことも、衣都のことも、たくさん傷つけてしまっていた」

「藍ちゃん……」

「ふたりに幸せになってほしいのに、ただそれだけなのに、私がしたことはすべて間違っていた。ふたりの幸せは、ふたりが決めることだったのに、余計な心配して結局ふたりを傷つけた。ごめん、ごめんね、衣都……っ」

私は首を大きく横に振って、藍ちゃんに抱きついた。

やっと、真実をすべて回収できた。やっと、ひとつの絵が完成した。

思い描いていたものと、まったく違うものが。

こんなにあたたかいたくさんの優しさに包まれて、私はずっと生きてきたんだ。

知らなかった。なにもわかっていなかった。志貴のことも、藍ちゃんのことも、すべての事実を知ったうえで、私を見守ってくれていた人たちのことも。

「人を好きになるってどういうことか、恥ずかしいけど私はやっと今の婚約者と出会ってわかったの。今までただの綺麗事だと思っていたけど、本当に好きになると、その人の幸せを一番に願えるのね」

そう呟いて、藍ちゃんは小包みをしっかりと私に持たせた。

「志貴くんは、いつも衣都の幸せを第一に願っていた」

ずっしりと重たいその小包みを、私はゆっくりと開ける。

そこには、二十冊もの大学ノートを使用した、志貴の日記帳が、あった。

「ごめんね、衣都。こんな勝手な思い込みで志貴くんを、あなたたちふたりを振り回して。私のことは許してなんて言えないけど、志貴くんとはもう一度、向き合ってほしい。彼の過去の一部だけを見て、離れないでほしい」

「許すなんて、藍ちゃんは、私にとってずっと、頼りになる大好きなお姉ちゃんだよ」

「衣都……」

「ずっと心配してくれて、ありがとうっ……」

そう言うと、藍ちゃんはぼろぼろと涙をこぼした。

藍ちゃんはずっと、ずっとずっとたったひとりで罪悪感と闘ってきたんだね。私たちの幸せのために。

ありがとう。ありがとう、藍ちゃん。

私は、何度も何度も胸の中でそう唱えた。

「読んであげてくれる……？　彼の、志貴くんの、過去を」

彼女は、震えた声でそう問いかけた。私は大学ノートを胸に抱え、ゆっくり頷く。

藍ちゃんは私を最後にもう一度抱きしめて部屋から出ていき、残されたのは、二十冊分の志貴の過去だった。

私はベッドの上で正座をして、恐る恐るノートを手に取った。

表紙は印刷が擦り切れており、紙は日焼けして黄ばんでいる。湿気を帯びた独特なにおいがするその日記を、私は深呼吸してから、そっと開いた。

【四月七日　月曜日
今日は衣都の入学式でした。

ランドセルを背負った衣都は、とても嬉しそうでした。

衣都は不安がっていましたが、衣都ならきっと、たくさんいいお友達ができると思います。】

【九月二十五日　土曜日
今日は衣都の運動会でした。

走って転んでしまったのに、衣都は泣きませんでした。

幼い頃は、ちょっと転んだだけで泣いていたのに。】

【八月十七日　水曜日
今日は衣都と夏祭りに行きました。
初めてちゃんと浴衣を着付けてもらって、喜んでいました。
俺も衣都と浴衣で遊びに行けて、すごく嬉しかったです。】
【四月一日　火曜日
今日から衣都は中学生になります。
一気に大人っぽくなって少し驚きました。
どの部活に入るか相当悩んでいました。】
【十月二十二日　月曜日
衣都が家を勝手に抜け出しました。
隆史さんと必死に探して、無事見つけました。
とにかく、無事に見つかってよかったです。本当に。】
【七月二日　水曜日
衣都が志望校を決めたそうです。霧島《きりしま》高校だそうです。
まだ隆史さんには言えてないようですが、衣都なら必ず受かると思います。
次の模試までに、苦手分野を徹底的に教え込もうと思います。】
【四月八日　月曜日

衣都は無事に、今日から高校生です。

衣都の高校生活を邪魔しないためにも、今日から衣都離れをしなくては……。】

どのノートの、どのページを開いても、私のことばかり書いてあった。

「どうして、私のことばっかり……」

それはまるで、天国にいるお母さんに、私の成長を報告しているかのような書き方だった。

志貴は、こんなに優しく私を見守り続けてくれていたんだ。

私が生まれてから、ずっと。ずっとずっと。

それなのに私は、ひどいことを言った。志貴のことを信じてあげられなかった。志貴の話を聞いてあげられなかった。

こんなにもまっすぐな愛情で、私を包み込んでくれていた彼に、誰よりも大切な彼に、あのとき私は、なんて言ったの……？

「ごめんっ、志貴、ごめんなさ……っ」

志貴の私に対する愛情は、自然じゃない。そんなふうに愛されても、償うために優しくされても虚しいだけだと、私は彼に言ったんだ。

こんなに、こんなに私を守り続けてくれた彼の優しさを、虚しいと言ったんだ。

とめどなく涙がこぼれ落ちて、嗚咽《おえつ》交じりの泣き声が、部屋に響いた。日記に、いくつもの透明な涙の痕ができた。

私はページを飛ばして、自分が東京へ行くことになった日の前日の日記を見た。

……そこには、たった二行、こう書かれていた。

【衣都が、誰よりも幸せでありますように。

隣に俺がいなくても、自分が一番幸せになれる道を、ちゃんと選べますように。】

「志貴っ……」

今まで彼がついてきた嘘が、頭の中を走馬灯のように駆けめぐる。

『俺の家には優秀な家政婦がおるし、庶民とはちゃうからな。これも食べ、俺はいつも食べてるし』

『なんで衣都を見つけられたかって？　俺には魔法が使えるさかいな。他の人には内緒やで』

『俺には未来が見えるんや。もし衣都が今日遠足に行っとったら、バッタに追いかけ回されて泣いてることになっとったな』

『模試の判定なんか気にしな、お前は絶対霧島高校に受かる！　俺は未来が見えるって、昔から言うてるやろ！』

『元気出さんかい。お前を好きになってくれる人は、この先ぎょうさん出てくる。もし見つからへんかったら俺が見つけたる。せやから泣かんでええ』

『店を継ぐために、いろいろ勉強しなきゃいけなくて、あちこち回るんだ……すごく忙しいから、しばらく会えなくなる』

『寂しくなって泣くなよ。俺はお守りする相手がいなくなってせいせいするけどな』

『いろいろあったよ……、本当に大変だった、婿修業は……』

『この一年で賢う生きるためにはどないしたらええのか、よう考え』

彼のついた嘘が、私をずっと守ってくれていた。私はそれに気づくのに、なんでこんなに時間がかかっちゃったのかな。

どうしてかな。志貴はいつだって、私に手を差し伸べてくれていたのに。どうして私は、志貴から離れられると思ったのかな。

志貴の優しさを踏みにじった私に、もう一度志貴に想いを伝える資格はあるのかな。

……ないだろうな。だってあんなに、傷つけた。

彼の、あのときの弱々しい声と震えた肩が、今もはっきりと思い出せる。

今さら、なにをどう伝えればいいのだろう。彼は、私の話を聞いてくれるだろうか。

ノートを持つ手が震えた。表紙はすでに、涙の痕でいっぱいだった。

と、そのとき、枕元に置いていたスマホが震えた。もしかして、志貴……？　なんて都合のよすぎる予想をして、私はゆっくりとスマホを手に取る。

そこには、【中本康子《やすこ》】と表示されていた。

「も、もしもし？」

『衣都ちゃん!?　元気やった？』

「中本さん……」

『どうしたん、えらい元気ない声やなあ』

久々の中本さんの声に、驚きながらも私はひどく安堵した。

中本さんもなんだか少し泣きそうな声をしていて、思わず胸が締めつけられそうになったが、私はなんとか心を落ち着けて、疑問をぶつける。

「どうしていきなり電話をくれたんですか？　すごく嬉しいですけど、私、勝手に仕事を辞めて、すごく迷惑をかけたのに」

『今日ね、巣鴨さん……美鈴さんがお店にきはって、そのときちょうど、店内に私しかおらへんかってね』

「美鈴さんが？」

彼女の名前を聞いただけで、ドクン、と胸が脈打った。

『衣都ちゃんに、伝えてほしいことがあるって。志貴さんのあの言葉には続きがあるって』

「あの言葉……？」

私は、どの言葉の続きのことを言っているのか、考えをめぐらせたけれど、次の言葉を聞いたとき、すぐに理解した。

『美鈴さんの言うように、責任感のようなものが少しも入っていないと言ったら嘘になります。でも、そういうものが湧いてしまうような出来事がなかったとしても、衣都を愛していたと思います』

中本さんの口から、志貴の言葉の続きが語られる。私は、それを聞いた途端、受話器越しに泣き声が伝わらないように、口を手で覆った。

『志貴さんがそう言うたはったってことを、衣都ちゃんに伝えてほしいって。ほんまに申し訳ないことをしたと。今の志貴さんを見て、えらい反省したらしいんよ』

「今の志貴……？」

いったい、どんな状態になってしまっているのだろうか。美鈴さんがそんなに、反省してしまうほどだなんて……私は一気に志貴のことが心配になった。

『衣都ちゃん、帰ってきてあげて。衣都ちゃんがおらんようになってから、志貴さんの瞳は毎日暗いままやし、五郎ちゃんも遊び相手がいいひんでいつもつまらなそうにしてやるし、店内に志貴さんと衣都ちゃんが言い合ってる声が響かんと、私、なんや寂しいて仕方がないんよ』

寂しくて仕方がない、という中本さんの言葉に、私は再び涙腺が緩んでしまった。

帰りたい。私も、中本さんや五郎や、志貴がいるあの浅葱屋に帰りたいよ。

「中本さん……」

『お願い。帰ってきてぇや、衣都ちゃん』

中本さんの言葉に、私は完全に決意を固めた。

たとえ志貴に許してもらえなくても、私にはまだ、彼に伝えなきゃいけないことがある。

この、二十冊分の感謝を、まだ私は彼に伝えられていない。

私は涙を拭いて立ち上がった。もう、泣いている場合じゃなかった。

小指に絡みついた、赤い糸の先をたどろう。そこにはきっと、嘘つきな彼がいる。

そう信じて、私は走った。

世界一愛しい、嘘つきな彼のもとへ。

すべては君の幸せのため　～志貴side～

「衣都も明日から東京暮らしか。生意気だなー」

茶化すように言っても、衣都は黙りこくったままだった。

「なんで黙ってんだよ、このあいだまでひとり暮らし喜んでただろ」

五年前の三月のことだ。

衣都は、誕生日に京都を発つことになった。

今でも覚えている。でっかいトランクを持って、不安そうな顔で新幹線が来るのを待っていた衣都のことを。

隆史さんはその日、どうしても抜け出せない仕事が入ってしまって、俺が代わりに衣都を見送りに行った。

衣都は、俺と並んで座り新幹線を待っていた。不安げに俯いて、俺が買った駅弁なんかベンチに忘れてっちゃうんじゃないかってくらい、ぼうっとしている。

隆史さんが、四年間会えなくなることを、それとなく彼女に伝えてくれたと聞いた。

今まで会おうと思えばいつでも会えた衣都と、しばらく会えなくなる。だから彼女の笑顔をたくさん見たいのに、そうもいかないようだった。

「どうして四年も会っちゃいけないの？」

ずっと黙っていた衣都が、口火を切った。突然の質問に、俺は表情を固まらせた。

十八歳になり、もう少女から女性になった衣都が、切なげな瞳を俺に向けた。

正直言うと、抱きしめて京都に無理やり残したかった。東京になんて行ってほしくなかった。

衣都はこの四年間で、きっと俺を忘れていく。衣都の中の俺の存在が、どんどん薄くなっていく。

「店を継ぐために、いろいろ勉強しなきゃいけなくて、あちこち回るんだ。すごく忙しいから、しばらく会えなくなる」

俺は、最後の嘘を衣都についた。

衣都は納得のいっていないような顔で、俺を見つめた。

彼女ももう、ずいぶん俺の嘘に騙されなくなった。小さい頃は、ありえない嘘も全部信じていたのに。そう思うとなんだか少し泣けてくる。

あんなに小さかった衣都が、もう、ひとりで生きていこうとしている。

「ご飯、ちゃんと食べろよ」

「……志貴の家のご飯が、また食べたいな」

なぜ、今、そんなことを言うんだ、衣都。

油断していたせいで、涙腺が少し緩んでしまった。俺は慌てて電光掲示板を見るふりをしてごまかす。

すると、ついに衣都が乗る新幹線がまもなく到着するというアナウンスが流れ、衣都はゆっくりと立ち上がり、荷物を持ち直した。

俺は衣都のでっかいトランクを持って、衣都が乗る車両の乗車位置まで行く。

さっきまではまったく重たく感じなかったのに、今はとてつもなく重く感じる。

しばらくして、新幹線が静かに衣都の前に停まった。でっかいトランクが衣都の手に渡り、衣都が新幹線に乗り込む。

「じゃあね、志貴……」

「ああ」

きっと衣都は、この四年で俺の知らない衣都になっていく。大人になっていく。

俺は彼女がいない日々を、どうやって過ごしていったらいいのだろう。

藍さんは、早く俺自身の幸せを探してほしいと言った。けれど俺の幸せは、きっとこの先も、変わらないと思うんだ。

「衣都」

「なに、志貴」

たまらず、衣都を抱きしめる。

そんなことをしたのは、衣都が大きくなってからは、初めてのことだった。

衣都は驚き硬直していた。思ったよりずっとずっと華奢《きゃしゃ》で、強く抱きしめたら折れてしまいそうだ。

離したくない。でも離さなければ。離したくない。衣都、行くな。

「行ってらっしゃい」

「志貴、どうして……」

「四年分の誕生日プレゼント用意して待ってるから、四年後、ちゃんと受け取りに来いよ」

「本当に……？」

「約束だ、衣都」

小指と小指が絡み合って、ゆっくりと離れ、ドアが閉まった。ドアの向こうで戸惑いを隠せていない衣都に、俺は静かに手を振った。

アナウンスとともに、新幹線が動きだした。衣都が徐々に遠くなっていき、ついに見えなくなった。

俺は新幹線が完全に見えなくなるまで、ホームにひとりで立ちつくしていた。

衣都が生まれてから初めて、衣都がそばにいない春を、迎えたんだ。

＊＊＊

衣都が東京に行った日とまるっきり同じ虚無感を、俺は今味わっていた。

庭の手入れをしても、五郎と散歩をしても、お客様からどんなふうに容姿を褒められても、なにも感じなくなった。まるで貼りつけたような笑顔だと、中本さんに言われてしまった。

唯一心が動いたことといえば、衣都がいなくなってから二カ月が経ったつい先日、意外な来客があったことだ。それは、久しく会っていない藍さんだった。

衣都の代わりに忘れ物を取りにでも来たのかと思いきや、どうしても貸してほしいものがあると俺に言った。

……それは、今まで俺が書いた日記だという。

最初、なぜそんなものが必要なのか……と疑問に思ったが、あの藍さんが頭を下げてまでお願いしてくるので、俺は慌てて日記を渡した。すると、彼女は何度もお礼を言って、そして、『今まで本当にごめんなさい』とまた頭を下げる。

俺は、まったく彼女の行動の意味が理解できなかったけれど、彼女はそれだけ言い残して去っていった。『これが、私にできる最後の償いだから』と微かに呟いていた。

藍さんにできる最後の償い。あれはいったい、どういう意味だったのだろう。なにを償う必要があるというのか。

そう思いながら、今日もひとりで朝食を食べ、五郎に餌をあげ、桜にお線香をあげて、庭の手入れをしていた。

雪柳がそろそろ満開を迎える。雪のように白く小さな愛らしい花が、しなった枝の先まで咲き誇っていた。

五年前に植えた雪柳は、ずいぶんと大きくなった。近づいてみると、その汚れのない純白に、眩暈がしそうになる。息をのむほど美しい。

落ちた花弁はその名の通り雪のようで、俺はその花弁を両手でかき集めながら、ふと思った。衣都への愛情は、溶けない雪のようだ、と。

日を追うごとにしんしんと降り積もり、胸の中を埋め尽くす。雪は溶けたほうが〝自然〟なのに。

『志貴の私に対する愛情は、自然じゃないよ！　そんなふうに愛されても、償うために優しくされても、虚しいだけで私はちっとも嬉しくないよ！』

あの日の衣都の言葉が蘇る。

藍さんも、美鈴さんも、衣都さえも、俺のこの衣都に対する愛情は自然ではないと言う。過去が絡みすぎていると。

でも、それは違う。最初は確かに、俺が薫さんの分も衣都の成長を目に焼き付けないといけないという気持ちでいっぱいだった。けれど、その気持ちはいつの間にか変わっていった。どんなにつらいことがあった日も、過去を思い出して自分を責めたくなった日も、衣都がただそばにいるだけで、心が晴れた。

彼女が俺の名前を呼んで、俺が作った料理を美味しい美味しいと食べて、安心しきったように、俺の隣で眠る。ただそれだけなのに、そんな平凡な日常の中で、彼女に対する愛しさは、どうしようもなく、心の中に降り積もっていった。

幸せなのに、泣きたくなってしまうほど。言葉にするには、あまりに難解な感情だった。

衣都を愛しいと思うのはあまりにも自然で、あまりにも当然のことだったから、今さらどう言葉にしたらいいのか、わからなかった。

「衣都……」

彼女の名前を声にすると、風がびゅうっと吹き、手のひらにあった雪柳の花弁が玄関のほうへ飛んでいく。

長い土間を抜けて、白い花弁が本物の雪のように舞う。俺はその様子を、茫然と見つめていた。

すると、庭に続く木の扉がゆっくりと開いた。それはまるで映画のワンシーンが、スローモーションで再生されているかのように。

「え……」

入ってきた人物を見て、俺は思わず、呼吸をすることを忘れた。

藍さんに渡した二十冊ほどの日記帳を両手に抱えた、世界一愛しい彼女が……衣都が、そこに立っていたのだ。

「志貴っ……、ごめんなさい」

二カ月ぶりに聞く、彼女の細くて高い声は、俺の渇いた心を潤していくには、もう充分だった。

彼女は俺を見た瞬間、泣きそうな顔をして謝り、ゆっくり俺に近づいてきた。

俺は、目の前にいるのが本当に衣都なのか、まだちゃんと理解できずにいる。

「これ、全部読んだ。会えなかった理由も、藍ちゃんから聞いた。あんなにひどいこと言って、本当にごめんなさい。志貴を縛ってしまうことが怖くて、逃げてごめんなさい……」

藍さんは、もしかして衣都に見せるために日記を持ち帰ったのか？　会えなかった理由も聞いたということは、藍さんが、事実をすべて話してしまったのだろうか。

「私、志貴がいないと、やっぱりダメだよ。過去もなにもかも全部知ったうえでも、それでも、志貴がいい。志貴じゃないと、嫌なの」

衣都が事実を知ってしまっていることに、俺はかなり動揺していたが、そのひと言で一気に頭が冴えた。

「志貴しかいないよ、私を守ってくれるのは志貴がいい。私も志貴を守りたいよ」

俺しかいない。そう言って泣く彼女を見て、俺は一瞬で、過去もなにもかも、すべてがどうでもよくなった。

感情のままに衣都の腕を引っ張って、思い切り彼女を抱きしめた。彼女の腕から、ノートがすべてこぼれ落ちる。

風がまた雪柳を揺らし、俺たちの上に、雪のような花弁がひらひらと舞い降りた。

「衣都、もう俺といて、苦しくないか……？」

そう問いかけると、衣都は俺の胸の中でぶんぶんと首を縦に振った。

「苦しくないよ。志貴と会えないときは、会いたくて仕方なくて、死ぬほど苦しかったっ……」

「昔のこと、結婚する前にちゃんと話そうと思っていた。でもやっぱり、過去を口にするのは怖くて、なかなか言い出せなかったんだ……ごめん」

「いいの、もう、それでも自分の気持ちに、変わりはないから」

そう言って、彼女は俺の背中に回した腕に、よりいっそう力を込めた。それから、驚くほど凛とした声で、彼女は力強く俺の名前を呼んだのだ。

「志貴。過去もひっくるめて、一緒に乗り越えよう。一緒に、生きよう」

彼女の震えた声が、鼓膜を揺らす中、俺はあの日のことを思い出していた。

幼い彼女が今みたいに泣きながら、必死に自分の想いを伝えてくれたあの日を。

『衣都ね、今日の朝、身体になにかが入った気がしたの。あれはね、きっと桜ちゃんの命だったと思うの。だからね、桜ちゃんの命は、衣都が預かったの』

俺は、あの言葉があったから生きてこられたんだよ、衣都。

あのとき救ってくれたのに、今もまだ、そんなふうに力強い言葉で俺を引き上げてくれるのか。

なあ、衣都、お前はまだやっぱり全然わかっていないよ。

俺がどれだけ衣都に救われたかを。俺がどれだけ衣都を愛しているかを。

「俺の愛がどんなに深いか、わかるか、衣都……」

俺はそう言って、泣いている衣都の濡れた頬に触れた。衣都は目を真っ赤にして俺を見つめる。

一片の雪柳の花弁が、衣都の唇の上に落ちる。俺はそれをゆっくりと指でどけて、口づけをした。

衣都と会えなかった二カ月の間止まっていた時間が、やっと動きだしたような気がする。世界が鮮やかに映って、衣都がそばにいればもうどうなってもいいと、本気で思った。

「ずっと、志貴のそばにいたい。一緒に浅葱屋を、守りたい……」

彼女は、まだぽろぽろと涙をこぼしながら、そう訴えた。

「二回も俺から離れたくせに」

「い、一回目は志貴が離れたんじゃん」

「指輪をやっと受け取ったと思ったらまた返すし」

「うっ……」

「出ていったと思ったら泣きながら帰ってくるし」

「ごめんなさい……」

「もう許さない」

情けないほど声が震えてしまったけど、俺はかまわず断言した。

「もう、俺から離れたら、許さないからな」

俺の言葉に大きく頷いて、衣都が俺の手をぎゅっと握りしめた。

俺はそんな彼女の瞳を見つめて、こつんと額を合わせる。それから、ずっとずっと言いたかった言葉を告げた。

「結婚しよう、衣都。ずっとそばに、いてください」

きっと最初から結ばれていた。俺と衣都の赤い糸は、ずっとずっと前から、結ばれていた。

途中で絡まったり、糸の結び目が緩んだりもしたけど、俺はずっと、この指の先には彼女がいると信じていた。

嘘つきな俺が言うと、説得力がないかな。でも、本当なんだ。この気持ちに、ひとつの嘘も混じっていない。もう、ここには真実しかないよ。

「よろしく、お願いします……」

そう言って、子供みたいに泣きじゃくる彼女に、俺はもう一度口づけをした。涙でしょっぱい味がして、それがおかしくて、ふたりで笑った。そしてまた、唇を重ねる。

何度も。何度も、何度も。

幸せすぎて、泣きながら笑ったんだ。

俺はこの人と一緒に生きることを決めた。

薫さんや桜には、天国から、見えるだろうか。この誓いは、空の上まで、届くだろうか。

雪柳は、今年も満開に咲いた。できれば天国にも、この美しい花弁を届けたい。

でもそれは少し難しそうだから、毎年地上から報告することにしよう。

これから俺と衣都は、隣にいながら年を重ねていくけれど、毎年この雪柳の前で写真を撮ろう。そのシャッター音が、春が訪れた合図なので、よかったら、薫さんや桜にも雪柳を見に来てほしい。
季節ごとに雪柳は美しく色を変えるので、春だけと言わず、浅葱家へ来てほしい。
心より、待っています。
この浅葱屋で。ふたりで。

end

あとがき

この度は『呉服屋の若旦那と政略結婚いたします』をお手に取って頂き、誠にありがとうございます。

この作品は二〇十五年に発売された作品でしたが、今回ご縁あって、こうして新装版として再び本にして頂き大変光栄に思います。

新装版を出すにあたって、約四年ぶりに作品を読み返しましたが、志貴と衣都の掛け合いが頭の中に蘇ってきて、私自身、凄くワクワクしながら修正・加筆作業を進めることができました。

元々、完璧主義で着物王子的なヒーローが書きたい、と思い生まれたのが志貴でした。そして、完璧主義過ぎて生きづらそうな彼を、いい意味でざっくりとした感覚で包み込んでくれる呑気なヒロインが必要だ、と思い生まれたのが主人公の衣都です。

二人は救い救われながら長い年月をかけて近づいていきますが、周りの支えなしでは育たなかった愛だと思っています。最後までそんな二人の恋を見届けて頂けたことに感謝いたします。

また、衣都は就活失敗からの政略結婚というジェットコースターの様な人生コースを歩むことになりますが、徐々に新生活を受け入れて自分ができることを探していきます。衣都の様に、プライドをひとつひとつへし折っていかないと前に進めない時だってありますよね。明日のことだって想像することしかできないのだから、人生のほとんどが予想外でできていると思っています。そんな日々の中で、自分をがんじがらめにしているプライドのその先に、衣都のように新しい道が待っていることもあると、そんな風に思いながら新装版を書いていました。

最後に、衣都と志貴のお話を、時を経て再び新装版として出して頂けましたこと、出版に関わって頂いた全ての方に心より感謝申し上げます。
また、今回初めて拙著をお手に取ってくださった方々、いつも応援してくださっている方々、本当にありがとうございます。今もこうして書き続けていられるのは皆様のおかげです。

次の作品でも出会えたら嬉しいです。最後までお付き合い頂き、ありがとうございました。

春田《はるた》モカ

この物語はフィクションです。実在の人物、団体等とは一切関係がありません。

本作は二〇一五年二月に小社・ベリーズ文庫『呉服屋の若旦那に恋しました』として刊行されたものに、一部加筆・修正したものです。

春田モカ先生へのファンレターのあて先
〒104-0031　東京都中央区京橋1-3-1　八重洲口大栄ビル7F
スターツ出版（株）書籍編集部 気付
春田モカ先生

呉服屋の若旦那と政略結婚いたします

2019年5月28日　初版第1刷発行

著　者　　春田モカ　©Moka Haruta 2019

発行人　　松島滋
デザイン　カバー　百足屋ユウコ+モンマ蚕（ムシカゴグラフィクス）
　　　　　フォーマット　西村弘美
発行所　　スターツ出版株式会社
　　　　　〒104-0031
　　　　　東京都中央区京橋1-3-1　八重洲口大栄ビル7F
　　　　　TEL　出版マーケティンググループ　03-6202-0386
　　　　　（ご注文等に関するお問い合わせ）
　　　　　URL　https://starts-pub.jp/
印刷所　　大日本印刷株式会社

Printed in Japan

ISBN　978-4-8137-0693-9　C0193

スターツ出版文庫　好評発売中!!

『階段途中の少女たち』　八谷《はちや》 紬《つむぎ》・著

何事も白黒つけたくない。自己主張して、周囲とギクシャクするのが嫌だから――。高２の遠矢絹は、自分の想いを人に伝えられずにいた。本が好きなことも、物語をつくることへの憧れも、ある過去のトラウマから誰にも言えない絹。そんなある日、屋上へと続く階段の途中で、絹は日向萌夏と出会う。「私はとある物語の主人公なんだ」――堂々と告げる萌夏の存在は謎に満ちていて…。だが､その予想外の正体を知った時、絹の運命は変わり始める。衝撃のラストに、きっとあなたは涙する！

ISBN978-4-8137-0672-4 ／ 定価：本体560円＋税

『きみに、涙。～スターツ出版文庫 7つのアンソロジー①～』

「涙」をテーマに人気作家が書き下ろす、スターツ出版文庫初の短編集。沖田《おきた》 円《えん》『雨あがりのデイジー』、逢優《あゆ》『春の終わりと未来のはじまり』、春田《はるた》モカ『名前のない僕らだから』､菊川《きくかわ》あすか『君想うキセキの先に』、汐見夏衛《しおみなつえ》『君のかけらを拾いあつめて』、麻沢《あさざわ》 奏《かな》『ウソツキアイ』、櫻《さくら》いいよ『太陽の赤い金魚』のじっくりと浸れる７編を収録。

ISBN978-4-8137-0671-7 ／ 定価：本体590円＋税

『拝啓、嘘つきな君へ』　加賀美真也《かがみしんや》・著

心の声が文字で見える――特殊な力を持つ葉月は、醜い心を見過ぎて人間不信に陥り、人付き合いを避けていた。ある日、不良少年・大地が転校してくる。関わらないつもりでいた葉月だったが、なぜか一緒に文化祭実行委員をやる羽目に…。ところが、乱暴な言葉とは裏腹に、彼の心は優しく温かいものだった。２人は次第に惹かれ合うが、ある時大地の心の声が文字化けして読めなくなる。そこには、悲しい過去が隠れていて…。本音を隠す嘘つきな２人が辿り着いた結末に、感動の涙!!

ISBN978-4-8137-0670-0 ／ 定価：本体600円＋税

『神様の居酒屋お伊勢　～花よりおでんの宴会日和～』　梨木《なしき》れいあ・著

伊勢神宮の一大行事“神嘗祭《かんなめさい》”のため、昼営業をはじめた『居酒屋お伊勢』。毎晩大忙しの神様たちが息つく昼間､店には普段は見かけない“夜の神”がやってくる。ミステリアスな雰囲気をまとう超美形のその神様は、かなり癖アリな性格。しかも松之助とも親密そう…。あやしい雰囲気に莉子は気が気じゃなくて――。喧嘩ばかりの神様夫婦に、人の恋路が大好きな神様、個性的な新顔もたくさん登場！大人気シリーズ待望の第３弾！莉子と松之助の関係にも進展あり⁉

ISBN978-4-8137-0669-4 ／ 定価：本体540円＋税

スターツ出版文庫　好評発売中!!

『桜の木の下で、君と最後の恋をする』朝比奈希夜《あさひなきよ》・著

高２の涼は「医者になれ」と命令する父親に強く反発していた。自暴自棄で死にたいとさえ思っていたある日、瞳子と名乗る謎めいた女子に声をかけられる。以降なぜか同じクラスで出会うようになり、涼は少しずつ彼女と心を通わせていくと同時に、父親にも向き合い始める。しかし突然瞳子は「あの桜が咲く日、私の命は終わる」と悲しげに告げて──。瞳子の抱える秘密とは？　そして残りわずかなふたりの日々の先に待っていたのは？　衝撃のラストに、狂おしいほどの涙！

ISBN978-4-8137-0652-6 ／ 定価：本体590円＋税

『きっと夢で終わらない』大椛馨都《おおなぎけいと》・著

友人や家族に裏切られ、すべてに嫌気がさした高３の杏那。線路に身を投げ出そうとした彼女を寸前で救ったのは、卒業したはずの弘海。３つ年上の彼は、教育実習で母校に戻ってきたのだ。なにかと気遣ってくれる彼に、次第に杏那の心は解かれ、恋心を抱くように。けれど、ふたりの距離が近づくにつれ、弘海の瞳は哀しげに揺れて……。物語が進むにつれ明らかになる衝撃の真実。弘海の表情が意味するものとは──。揺るぎない愛が繋ぐ奇跡に、感涙必至！

ISBN978-4-8137-0633-5 ／ 定価：本体560円＋税

『誰かのための物語』涼木玄樹《すずきげんき》・著

「私の絵本に、絵を描いてくれない？」──人付き合いも苦手、サッカー部では万年補欠。そんな立樹の冴えない日々は、転校生・華乃からの提案で一変する。華乃が文章を書いて、立樹が絵を描く。突然始まった共同作業。次第に立樹は、忘れていたなにかを取り戻すような不思議な感覚を覚え始める。そこには、ふたりをつなぐ、驚きの秘密が隠されていて……。大切な人のために、懸命に生きる立樹と華乃。そしてラスト、ふたりに訪れる奇跡は、一生忘れられない！

ISBN978-4-8137-0634-2 ／ 定価：本体590円＋税

『京都祇園　神さま双子のおばんざい処』遠藤遼《えんどうりょう》・著

京料理人を志す鹿池咲衣は、東京の実家の定食屋を飛び出して、京都で料理店の採用試験を受けるも、あえなく撃沈。しかも大事なお財布まで落とすなんて…まさに人生どん底とはこのこと。だがそんな中、救いの手を差し伸べたのは、なんと、祇園でおばんざい処を切り盛りする、美しき双子の神さまだったからさあ大変!?　ここからが咲衣の人生修行が開幕し──。やることなすことすべてが戸惑いの連続。だけど、神さまたちとの日々を健気に生きる咲衣が掴んだものとはいったい!?

ISBN978-4-8137-0636-6 ／ 定価：本体590円＋税

スターツ出版文庫　好評発売中!!

『きみを探した茜色の8分間』　涙鳴《るいな》・著

私はどこに行くんだろう——高２の千花は学校や家庭で自分を出せず揺れ動く日々を送る。ある日、下校電車で蛍と名乗る男子高生と出会い、以来ふたりは心の奥の悩みを伝えあうように。毎日４時16分から始まる、たった８分、ふたりだけの時間——。見失った自分らしさを少しずつ取り戻す千花は、この時間が永遠に続いてほしいと願う。しかしなぜか蛍は、忽然と千花の前から姿を消してしまう。「蛍に、もう１度会いたい」。つのる思いの果てに知る、蛍の秘密とは？驚きのラストシーンに、温かな涙！

ISBN978-4-8137-0609-0 ／ 定価：本体560円＋税

『1095日の夕焼けの世界』　櫻《さくら》いいよ・著

優等生的な生き方を選び、夢や目標もなく、所在ないまま毎日をそつなくこなしてきた相川茜。高校に入学したある日、校舎の裏庭で白衣姿の教師が涙を流す光景を目撃してしまう。一体なぜ？…ほどなくして彼は化学部顧問の米田先生だと知る茜。なにをするでもない名ばかりの化学部に、茜は心地よさを感じ入部するが——。ありふれた日常の他愛ない対話、心の触れ合い。その中で成長していく茜の姿は、青春にたたずむあなた自身なのかもしれない。

ISBN978-4-8137-0596-3 ／ 定価：本体570円＋税

『それから、君にサヨナラを告げるだろう』　春田《はるた》モカ・著

社会人になった持田冬香は、満開の桜の下、同窓会の通知を受け取った。大学時代——あの夏の日々。冬香たちは自主制作映画の撮影に没頭した。脚本担当は市之瀬春人。ハル、と冬香は呼んでいた。彼は不思議な縁で結ばれた幼馴染で、運命の相手だった。ある日、ハルは冬香に問いかける。「心は、心臓にあると思う？」…その言葉の真の意味に、冬香は気がつかなかった。でも今は…今なら…。青春の苦さと切なさ、そして愛しさに、あたたかい涙が止まらない！

ISBN978-4-8137-0597-0 ／ 定価：本体630円＋税

『あやかし心療室 お悩み相談承ります！』　唐澤和希《からさわかずき》・著

ある理由で突然会社をクビになったリナ。お先真っ暗で傷心気味の彼女に、父親が見つけてきた再就職先は心理相談所。けれど父が勝手にサインした書面をよく読めば、契約を拒否すると罰金一億円!?　理不尽な契約書を付きつけた店主の栗根という男に、ひと言物申そうと相談所に乗り込むリナだが、たどり着いたその場所はなんと、あやかし専門の相談所だった……!?

ISBN978-4-8137-0595-6 ／ 定価：本体560円＋税

スターツ出版文庫　好評発売中!!

『休みの日 ～その夢と、さよならの向こう側には～』小鳥居《ことりい》ほたる・著

大学生の滝本悠は、高校時代の後輩・水無月奏との失恋を引きずっていた。ある日、美大生の多岐川梓と知り合い、彼女を通じて偶然奏と再会する。再び奏に告白をするが想いは届かず、悠は二度目の失恋に打ちひしがれる。梓の励ましによって悠は次第に立ち直っていくが、やがて切ない結末が訪れて…。諦めてしまった夢、将来への不安。そして、届かなかった恋。それはありふれた悩みを持つ三人が、一歩前に進むまでの物語。ページをめくるたびに心波立ち、涙あふれる。

ISBN978-4-8137-0579-6 ／ 定価：本体620円＋税

『はじまりと終わりをつなぐ週末』菊川《きくかわ》あすか・著

傷つきたくない。だから私は透明になることを選んだ――。危うい友情、いじめが消せない学校生活…そんな只中にいる高2の愛花は、息を潜め、当たり障りのない毎日をやり過ごしていた。本当の自分がわからない不確かな日常。そしてある日、愛花はそれまで隠されてきた自身の秘密を知ってしまう。親にも友達にも言えない、行き場のない傷心をひとり抱え彷徨い、町はずれのトンネルをくぐると、そこには切ない奇跡の出会いが待っていて――。生きる意味と絆に感極まり、ボロ泣き必至！

ISBN978-4-8137-0560-4 ／ 定価：本体620円＋税

『君と見上げた、あの日の虹は』夏雪《なつゆき》なつめ・著

母の再婚で新しい町に引っ越してきたはるこは、新しい学校、新しい家族に馴染めず息苦しい毎日を過ごしていた。ある日、雨宿りに寄った神社で、自分のことを"神様"だと名乗る謎の青年に出会う。いつも味方になってくれる神様と過ごすうち、家族や友達との関係を変えていくはるこ。彼は一体何者……？　そしてその正体を知る時、突然の別れが――。ふたりに訪れる切なくて苦しくて、でもとてもあたたかい奇跡に、ページをめくるたび涙がこぼれる。

ISBN978-4-8137-0558-1 ／ 定価：本体570円＋税

『あやかし食堂の思い出料理帖～過去に戻れる噂の老舗「白露庵」～』御守《みもり》いちる・著

夢も将来への希望もない高校生の愛梨は、女手ひとつで育ててくれた母親と喧嘩をしてしまう。しかしその直後に母親が倒れ、ひどく後悔する愛梨。するとどこからか鈴の音が聴こえ、吸い寄せられるようにたどり着いたのは「白露庵」と書かれた怪しい雰囲気の食堂だった。出迎えたのは、人並み外れた美しさを持つ狐のあやかし店主・白露《はくろ》。なんとそこは「過去に戻れる思い出の料理」を出すあやかし食堂で……!?

ISBN978-4-8137-0557-4 ／ 定価：本体600円＋税

書店店頭にご希望の本がない場合は、書店にてご注文いただけます。